撫物語
ナデモノガタリ

西尾維新
NISIOISIN

BOOK & BOX ORIGINAL DESIGN by VEIA

BOOK&BOX DESIGN
VEIA

ILLUSTRATION
VOFAN

第零話　撫子・繪畫

第零話　撫子・繪畫

SENGOKU NADEKO

001

千石撫子的人生，如果比喻為正在連載的漫畫，從第一集一口氣看到最新第十五集的時候，我肯定會心想「這個主角的設定真是搖擺不定」，品嘗到這樣的讀後感想吧。

第四集和第八集講的不一樣，目標不知何時改變，第一人稱完全沒統一，連造型都不時修改，口頭禪也沒固定，嗜好在各種場合不一致，甚至最重要的心儀對象，都會依照狀況各有不同吧。

這是長期連載無法避免的宿命，或許正因為連同這種矛盾一起喜愛，才足以稱為真正的書迷吧。不過身為讀者，果然有些難以接受的部分。所以如果作品過於長壽，作者想趁著角色性質沒走樣的時候完結，我會對作者的這個意見表達某種程度的讚賞。

不，別說「身為讀者」，千石撫子不是別人正是我，但是正因如此，我覺得各個時間點的我就像是另一個人。當時的我，那時候的我，該時期的我，那段期間的我，我實在不認為和我是同一人。

無論如何都不認為。

如同殘影，搖擺不定。

即使想回顧過去正經自省，也會冒出「那個人真的是我嗎？」這種極度不負責任的想法。我這種一無是處的女生，居然犯下那麼嚴重的惡行，某方面來說我難以想像。

因為那些事件明顯超過我能裁量的範圍。

這當然只是一種逃避吧。

是要付出昂貴代價的現實逃避吧。

是在逃避責任，也是不道德的行為。

把以前的自己和現在的自己當成不同人看待，或許能因而保護現在的自己，不過到最後，這只不過是自己瞧不起自己吧。珍惜現在的自己，同樣的，也非得珍惜以前的自己才行，如今我著實這麼認為。

只不過，說到我個人角色性質的走樣方式，可不能只怪罪到人生太長使然，或是長期連載使然。

即使在同一集，我所說的話以及所做的事，肯定也不一致吧。在那邊討好別人，在這邊討好別人，悄悄套用邏輯要讓一切說得通，結果出現矛盾，只好提心吊膽騙了又騙，就這麼接到下一集。

人們把這種做法稱為「八面玲瓏」。

或者……是的，說得更惡毒的話，就是「裝可愛」。

和角色性質的走樣方式無關，這麼討人厭的傢伙擔任主角的物語，還是趕快腰斬算了……我也能理解有人想這麼說的心情。之所以受到這樣的詛咒，現在回想起來也具備必然性。

是具備必然性的詛咒。

這種感慨或許又是一種逃避，無論是被詛咒時的自己，或是詛咒別人時的自己，遠遠看來，其實和現在的我毫無差異吧。

遠看是如此，旁觀是如此。

或許毫無變化與成長。

不過，我還是無法像是照鏡子那樣看見以前的自己，人前的自己和獨處的自己，我也不會認為判若兩人。

自己，自己，自己。

有如多重人格。

不，別說「多重」，「人格」這種了不起的東西，我是否擁有都還是一個大問號。像我這麼配不上「格」這個字的傢伙應該很難找吧。

哎呀哎呀。

說到角色性質走樣，最近成為朋友的斧乃木余接，可以說是這方面的行家。

人偶女童──斧乃木余接。

她是人型怪異，是人偶怪異，很容易受到周圍的影響，角色個性配合身邊的人而改變，似乎正是她這個角色的精髓。

絕對無法在漫畫登場。

作者的能耐會遭到質疑。

她自己當然不會一一在意這種小事，但是在某個時候，她說了這樣的話。

這裡說的「某個時候」，換言之就是她的角色個性走樣的時候。

「若有人在任何時候，任何地方，面對任何人都能一直維持相同的性格，我覺得這種傢伙才奇怪。真有這種人的話，這傢伙就是應該排除的危險分子。任何人甚至包括神，都會有心情好與心情壞的時候吧。如果這天身體狀況不好，講話方式或許會變得粗魯；如果接電話的時候剛起床，應對方式或許會變得敷衍。生理狀況或許會隨著天氣放晴或下雨變化。在孫子誕生的瞬間，或許連難以原諒的巨惡都能原諒。剛在某處犯錯的時候，或許會冒出想要補償的心情。每個人都有自己的情緒，就算沒有，也還是有自己的狀況，不可能總是維持平穩的心情。不只如此，接收者也有自己的狀況。如果聽的人沒有聽的意思，任何箴言都只是戲言。而且說來實在遺憾，這種事實無法當成任何藉口，這一切都必須由我們自己攬在身上承擔。」

她這個怪異把我一起說成「我們」，看來現在的我也不太算是人類。

這倒也不意外。

雖然厚臉皮將自己的人生比喻為長期連載，不過實際上，現年十五歲的我的人生，連短篇都沒能刊載，企劃案一個個作廢至今。

當時的我是如此。

那時候的我是如此。

該時期的我是如此。

那段期間的我是如此。

現在的我也是如此。是絕對不會問世，至今還不知道開始，因此也不知道終結，獨一無二的千石撫子。

002

「危險————沒事！」

久違來到外界、不熟悉道路的我貿然衝出轉角，即將被腳踏車撞上的時候，這輛車橫切龍頭緊急煞車，結果車身順勢從後輪飛上高空。不，說「高空」太誇張，是低空飛過。就像是享受刺激快感的馬戲團，金屬打造的腳踏車幾乎擦過我的頭部飛越。如果我還是以前的髮型，頭髮大概已經整個被捲走了。

該說是生死關頭嗎？

真的是千鈞一髮。

只不過，千鈞一髮有驚無險的只有我，以近乎雜耍的駕駛技術漂亮避免撞上我的那輛自行車沒能平安無事。

發生自撞事故了。

著地完全失敗，像是桌上曲棍球的飛盤一樣在柏油路面咻嚕嚕嚕嚕地滑行，最後發出劇烈的聲響撞上護欄。

真的是猛撞。狠狠撞下去。

雖然發生出乎預料的嚴重事故，但是我對這個狀況似曾相識。

覺得有印象。

幾乎一模一樣的事故，曾經發生在和這裡相同的場所，記得是去年十月底的事情……

先不提這是不是我誤會了，沒做好防護措施就撞上護欄，如今動也不動的腳踏車騎士，哎呀哎呀，我看過這個人。

是的。

是忍野扇先生。

「您……您有受傷嗎？」

無論如何，我連忙跑過去這麼問。即使之前發生過相同的事，卻也不保證扇先生這次也沒受傷。應該說，正常的話上次也會受重傷。

依照狀況，大概得叫救護車吧。我沒有手機，所以在這種狀況，只能擅自借用他的手機……是放在立領學生服的口袋裡嗎？

嗯？咦？咦咦咦？

男生穿的立領學生服？

「沒事！」

我蹲在扇先生旁邊，他立刻（該說果不其然嗎？）像是上了發條般迅速坐起上半身。

掛著脫線的笑容。

雖然顧及體面擔心一下，但我其實早就猜到是這麼回事，所以沒那麼驚訝。

「嗨，千石小妹，初次見面！我叫做忍野扇！」

「……我們之前見過。」

面對不像是剛出車禍的連珠砲，我顯得畏畏縮縮（到頭來，我也真的很久沒機會和活人說話了——除了斧乃木與月火。而且那兩人幾乎不算是活人），但還是姑且這麼主張。

主張很重要。

被昔日有交集的人忘記，進行初次見面的問候，是一件挺寂寞的事……嗯？

咦，這麼說來，當時好像反過來？好像是我不知道扇先生，扇先生卻知道我……

「我一無所知喔。知道的是妳，千石小妹。」

「…………」

「不不不，我可不是什麼忘卻偵探喔，畢竟用色也完全相反。哈哈！對於現在的我來說，我千真萬確是初次見到千石小妹妳喔。」

扇先生站起來，同時拍掉制服外套的塵土。是立領學生服。千真萬確是男生穿的立領學生服。

除了男生什麼都不是。

嗯，是的。忍野扇先生是直江津高中二年級的男生。肯定如此。

我知道這件事。

忍野扇。妖怪專家忍野咩咩的侄子。

他去年接近我的時候就是這樣。

我記得是這樣……這段記憶肯定沒錯。

即使這麼說，我也不懂扇先生為什麼假裝初次見到我，總之就避免追究吧。

我現在也不是閒著沒事。

應該說沒時間。有多少時間都不夠。

我之所以貿然從轉角衝出來，足不出戶的我之所以衝出房間，是基於某個正當理由。

「我才要問千石小妹，妳沒受傷嗎？」

「啊，是的……扇先生，我沒事。」

「哈哈！居然叫我『扇先生』，不需要叫得這麼陌生喔。就算妳親切叫我『扇哥哥』，我也不會介意的。哈哈！」

如果有哪個女國中生將「初次見面」的男高中生叫做「哥哥」，一次就好，我真想見見她。

「咦？不過，記得妳就是這樣叫阿某良良學長吧？」

「…………」

「抱歉，我口誤……開玩笑的。所以，千石小妹，妳正要上學？」

很感謝他立刻改變問題，不過像是明知一切卻故意這麼問的笑容，我看在眼裡不太舒服。

坦白說就是不快。

改變之後的問題，也不是什麼愉快的問題。

因為我半年多沒上學了。

到頭來，看到沒穿制服、就這麼穿著居家運動服、套上涼鞋衝出來的我，不可能認為我「正要上學」吧。如各位所見，現在是緊急事態。十萬火急。

如果我頭上有警示燈，肯定正在閃紅光吧。

所以我才鞭策著比吸血鬼還怕太陽的虛弱身體，辛辛苦苦來到外界。但我最後差點被腳踏車撞死，所以無法避免被譏為本末倒置。

實際摔倒的是扇先生就是了。

「腳……腳踏車……沒事嗎？」

我刻意以清晰的語氣說話。

這也是因為面對「首次見面」的扇先生，或者是久違面對活人而緊張，不過我和他人溝通的能力本來就很低落。

低落到平貼地面，就像是蛇。

以前我是任憑整排瀏海留長，藉以遮臉的害羞寶寶。忍野咩咩先生稱呼我是「靦腆妹」。

居然叫我「靦腆妹」。

現在回想起來，他取的綽號真是不得了。

總之，「害羞寶寶」或「靦腆妹」聽起來給人可愛的感覺，但實際的我是「磨磨蹭蹭的陰沉傢伙」。

這部分也感覺得到忍野咩咩先生的貼心。從侄子身上感覺不到的貼心。

「嗯？放心放心，BMX的賣點就是堅固耐用。我的賣點也是堅強耐操。如果要上學，我送妳一程吧？」

他沒讓我轉移話題，但我也不能一直陪他進行這種像是惡整的問答。既然扇先生沒受傷，腳踏車也沒壞，我就沒理由留在這裡。

雖然不太清楚原因，不過就算沒急事，我也不認為和這個人繼續講話對我的人生有益。

去年的各種風波，好像也是和扇先生講太多就變得很慘……不，去年的那些風波，每個事件果然都只是我自己的責任。

我的人生之所以驟變，都是我的錯。

不過，那個跟這個是兩回事。

這裡說的「那個」是我個人的愧疚感，「這個」是扇先生個人的奇怪感。

奇怪感——怪異感。

「我不是，要上學，所以，恕我推辭。再見。」

我過於想要清晰大聲說話，使得逗點多到不必要的程度（我也知道「恕我推辭」這種說法以國文課的標準來說不及格，但是比起去年和扇先生說話那時候，我自認現在的字彙能力增加了）。總之我這麼說完，就匆忙試著要離開現場（事故現場）。

「這樣啊……我一直以為妳正要上學。因為我剛剛看見穿制服的妳。」

此時，扇先生賣關子這麼說。

他說什麼？

「扇……扇先生！」

「哇，怎麼啦，突然大叫？」

「請帶『我』去那個『我』所在的地方。『我』正在找『我』！」

003

一萬小時的法則。

依照調查結果，不管在哪個領域，能夠被稱為「一流」的人們，肯定累積一萬小時以上的鍛鍊。

反過來說，只要付出一萬小時以上的努力，不管在哪個領域都能成為一流，這種說法聽起來充滿希望，不過真的具體思考「一萬小時」這個數字的時候，心情還是會變得絕望。

對於希望的稀少感到絕望。

因為一天只有二十四小時。

為了方便計算，就妥協當成二十五小時吧。換句話說，四天是一百小時。四十天是一千小時。四百天是一萬小時。

一年共三百六十五天，所以扣除剛才多加的部分讓數字對上，一萬小時大約可以換算成一年。

「什麼嘛！原來只要努力一年就可以變成一流啊！」

輕鬆輕鬆！

我並不會這麼想，我至今可不是活得那麼悠哉。我姑且過著算是人生的時期長達十五年以上（補充一下，我說「算是人生的時期」並不是自卑的說法，我有一段不是人生的期間）。

學校那邊，我也一直上到國二的前半段。不太認真就是了。雖然乖巧卻不太認真，仔細想想，這種學生真棘手對吧？或許正因為我是這種棘手的學生，才會被硬塞棘手的工作。

不過這是事後回顧。我不免覺得我和笹藪老師說到底是共犯關係。

然而，像是事不關己般回顧過去，果然不是什麼好事吧。

不提這個，人類除了努力，還必須過生活。必須睡覺與進食，必須上廁所與洗澡，必須換衣服與剪頭髮。不能將活著的時間只用在努力。

生活位居努力之上。

努力成立於生活之上。

因此，人們某些時段無法努力。

無論是誰，每天都有一半以上的時間用在生活。即使勉強努力十二個小時以上，要是隔天累倒，一加一減又變成平均值。

以效率來說，若要持續努力，再怎麼高估，每天包含休息在內，頂多也只能努力八小時吧。

這應該就是極限。

八小時。一天的三分之一。

換句話說，一萬小時＝一年的方程式，必須乘以三——是三年。

三年啊……

這不是遙遙無期的年月，感覺肯做好像做得到，不過，因為是能帶來真實感的數字，所以會令人躊躇，不是會讓人覺得「行得通！」就跳下去做的時間。

說穿了，是令人適度感到厭煩的歲月。

因為，雖然「努力」兩個字很好聽，不過努力做某件事的時候，也是將其他事扔著不管的時候。

優先做自己認為重要的事，放棄其他可能重要的事。

比方說，我。

我現在立志成為漫畫家。

呀，我說出口了！我不會這樣害羞。

我是認真的。

靦腆妹已經不是靦腆妹。

反倒是要主動照亮——照亮自己的道路。

雖然這是被某個騙徒慫恿，更正，是被某個騙徒欺騙的結果，但我完全不想吝於付出這樣的努力。

即使覺得厭煩，我也要緊咬不放。

我要完整吞下這個夢想。就像是蛇。

不過，這份努力，我想投注人生大半的這個決定，也幾乎等於我決定完全不上義務教育的國中課程。

也就是說，大家在上課的時候，我窩在自己房間學畫畫。

一直畫一直畫，畫個不停。

我放棄的不只是學業。

大家和朋友遊玩、吵架、和好，在學校這個小型社會磨練生活能力與溝通能力的這段期間，我磨練的只有畫技。

套用一萬小時法則的說法，我拋棄了就學的努力。要是就這麼繼續不上學，繼續偷懶不努力當學生會怎麼樣？若說我不擔心就是騙人的。

大家琢磨得亮晶晶的社交能力，對我來說過於耀眼。

到頭來，持續蹺課一萬小時，恐怕只是染上蹺課的習慣。

總之實際上，如果投注的努力沒有成果，找個相近的領域維生，或許就是處世之道吧（這就是所謂的「多面手」）……只是，先不提「一萬小時法則」的真假，我可沒有這麼多的時間。

連三分之一的時間都沒有。

原因在於，我不久之前被這麼說了。今天早上，我父母終於對我這麼說了。

「不要老是做這種傻事，國中畢業之後就出去工作吧。」

004

「這樣啊這樣啊。居然說自己的傻瓜獨生女很傻，至今一直溺愛千石撫子的爸爸媽媽，終於收起糖果拿出鞭子是吧？這就應該祝賀一聲了，恭喜妳啊。」

斧乃木聽完我的牢騷，面無表情這麼說。不只是面無表情，身體也維持姿勢動也不動。我正在請她當模特兒，所以她不動比較令我感謝。

我拿著A3的素描簿，畫著在桌上擺姿勢的她，地點是我家裡的自用房間。現在的我是家裡蹲，所以場景大多在我家裡的自用房間。

斧乃木剛才從窗戶進來。

最近，斧乃木每週會來我房間玩四次。與其說是來玩，應該說她基本上是來發牢騷。

是的，今天是例外，平常基本上發牢騷的是斧乃木。說到發誰的牢騷，就是發阿良良木月火的牢騷。

毫無例外。都是月火。

簡單來說，斧乃木——斧乃木余接現正潛入阿良良木家進行搜查的樣子。不該透露的主要任務，好像是要監視月火——阿良良木月火。

……這工作光是想像就壓力沉重。

天底下有這麼艱苦的工作嗎？

受到這個任務的牽連，我開始幫斧乃木的忙，在那之後，她就經常來我房間賴著不走。

每週四次。

家裡蹲的心情都搞砸了。

「一直待在阿良良木家，腦子都快出問題了。」

她這麼說。

她以喘口氣為理由來到我死守的房間玩只會令我困擾，但實際上別說困擾，還幫了我大忙。

如前面所述，原因在於我請斧乃木當我的素描模特兒。

斧乃木是人偶怪異，擺任何姿勢都難不倒她。無論是「沉思者」的姿勢還是「米洛維納斯」的姿勢都難不倒她。不只如此，她是人偶不會累，所以可以維持這個姿勢靜止長達數小時。

順帶一提，擺「米洛維納斯」的姿勢時，她還提供一個偏激的額外服務，就是拆掉雙臂。如果不是人偶怪異絕對做不到這種事，姿勢的重現率高到恐怖（剛開始我真的怕死了）。

不對，不只是姿勢。

說來驚人，她可以讓身體局部膨脹或變形，恣意控制體格。雖然無法變小，不過要變多大都可以，使得我可以素描各種不同的體格。

哎呀哎呀，簡直萬能吧？

「『例外較多之規則』居然能像這樣用在和平的事情上，我至今從來沒想到會有這一天。」

這麼說的斧乃木看起來也不太抗拒。真要挑剔的話，就是她的臉真的和人偶一樣固定為毫無表情，不過，要求到這種程度應該是奢求吧。

並不是只要畫得出體格或衣服（而且斧乃木總是穿著滿滿滾邊很難畫的衣服過來）就能當漫畫家，即使如此，對於動不動都只畫臉練習的我來說，斧乃木的來訪幫了我非常大的忙。

是我的一大助力。

只是，該說這方面果然是妖怪嗎？對於我的牢騷，她回以相當毒辣的意見。不過她是人偶，所以回給我沒血沒淚的意見也是理所當然。

「爸媽沒有說我傻啦……是說我做的事情是傻事。」

可以說兩者沒什麼差別，也可以說這樣更讓我難受。畢竟我本來就是傻瓜，不用別人強調，這也是難以否定的事實。

「不，說正經的，這部分妳仔細考慮比較好吧。我不認為妳的努力白費，更不認為妳這個傻瓜正在做的是傻事，不過實際上，努力也不是平白就做得到的。努力是有價的東西，要付出犧牲或代價。所以做父母的把『國中義務教育畢業』當成一項基準是正確的做法。還是說，妳不上學也不工作，想要一直靠爸媽養到二十歲？如果是這樣，那妳依賴成性的毛病還是沒改。」

斧乃木以平坦的語氣這麼說。

我無從回嘴。

說得也是。

我並不是打著如意算盤想靠父母養到二十歲，卻無法否認自己就這麼沒有懷抱願景一味努力。

如今也無法保持緘默了。

表面上看向前方，卻閉上雙眼。

若是對自己講得嚴厲一點，那麼我某方面來說沉醉在努力之中。不上學，也不和朋友玩，一心一意持續畫漫畫，我或許覺得這樣的自己刻苦又帥氣吧。

沒想過這份帥氣需要多少的費用。

別說刻苦，根本是揮霍。

從「不正視現實」的這層意義來看，我依賴成性的毛病確實沒改。

「沒有趕妳出去叫妳獨立，反倒可以說爸媽還很寵妳喔。太仁慈了。這也包括一些內疚吧。把獨生女養成廢物的內疚。」

這也無法否定，不過真希望她別說「把獨生女養成廢物」，這也太狠了。

我確實很廢就是了。

是廢物獨生女。

「到頭來，妳也可以一邊工作一邊努力成為漫畫家吧？不然乾脆去東京，一邊當助手賺錢一邊練習畫畫不就好了？」

斧乃木嘴裡講得惡毒，卻意外地好好為我的未來著想。我居然被怪異擔心，真令人搖頭。

「而且妳說的『一萬小時法則』，我覺得挺可疑的。畢竟做得到的傢伙一下子就做得到。反倒像是我，別說三年，甚至花了一百年才成為妖怪。」

「但我覺得成為妖怪所需的年數沒辦法參考……」

這真的是「例外較多之規則」。

要求完全公平也沒道理吧。

無論如何都有個別差異。

「是啊。反觀也有妳這種傢伙，經過一瞬間的判斷就變成神了。」

「那不是判斷，是判斷錯誤……」

只不過，說到錯誤，或許我現在也正在犯下天大的錯誤。

如斧乃木所說，獨立離家當助手的方案是相當實際的路線，不過如果由我來這麼做，一下子就失去實際感。

反而帶著虛構感。

剛才我坦蕩蕩說出「我是為了努力追逐夢想才沒上學」這種話，實際上卻不是那麼帥氣的東西。我不是不去學校，是去不了。

我在教室就是做了這麼嚴重的事。闖了嚴重的禍。

我這麼不合群的傢伙，別說在合作職場擔任漫畫家助手，包括打工或兼職，甚至連正常工作，恐怕都是一大難題吧。

不只是缺乏社會性，根本無法融入社會。

這麼一來，我滿心覺得自己努力的方式錯了。即使沒頭沒腦地努力，別說接近夢想，反而離夢想愈來愈遠。

也有這種狀況耶。

儘管如此，如今要我升上高中繼續唸書，老實說，就某方面來說也不實際。我的成績原本就不算好，加上學業荒廢半年以上，想必只有衰退一途吧。

落後的這段距離很難補回。

不只是比別人慢，甚至還開倒車。

基於笹藪老師的溫情（這真的是內疚的顯現吧），感覺他好歹會想辦法讓我畢業，但我終究無法要求後續的保障。

好啦，我今後該何去何從？

「努力的方式。這確實很重要，同時也是不安的要素。現在投注的努力，是否能確實連結到未來，這挺令人苦惱的。追根究柢，不管成敗與否都只能做了。雖然我像這樣擺姿勢陪妳練習素描，不過說到漫畫家是否一定需要繪製立體人體的技術，倒也沒這回事。」

說得也是。這是美術的技術。

如前面所述，這絕對不會派不上用場，卻不是必備的技術。比起這個，為了構思有趣的劇情而前往圖書館等處，或許是比較正確的努力……我偶爾會陷入這樣的迷惘。

努力的方式。

再怎麼拚命，再怎麼辛苦唸書，要是搞錯測驗範圍，還是考不到好成績。

「我監視的阿良良木月火，那傢伙做事很得要領，任何事情大致都做得好。第六感也很優秀，好像從來沒猜錯測驗範圍。我愈觀察愈火大。」

斧乃木面無表情表達內心的憤怒。

我懂。

我，很，懂。

順帶一提，月火她自己也不時來這房間探視家裡蹲的我（和斧乃木不一樣，月火是守規矩從玄關過來。各位或許不相信，但月火還是有這種程度的常識），她來的時候會幫我畫稿子。幫我幫久了，她好像變得比我還會畫，我看得忐忑不安。

「不過苦惱消沉也沒用就是了。」

我這麼說。

苦惱該怎麼努力也無濟於事。

不如把煩惱的時間用來努力——是這樣嗎？但我可以說是因為不曾煩惱，才造就出現在的我。

這也是沒辦法的吧？

不要「消沉」，而是積極苦惱或許比較好。

「現在我能做的，就是在國中畢業之前取得一定的成果，說服爸爸媽媽。像是得獎之類的。與其在剩下不到一年的時間，學會足以出外工作的溝通能力，讓自己個性變得開朗，我覺得現在這種努力的方式比較有可能性。」

「我的天啊，宣布參賽是嗎？」

不，因為是漫畫，所以基本上無論如何都得投稿參賽，斧乃木妳不知道嗎？

「說來真是諷刺。妳明明曾經對戰場原黑儀設下高中畢業典禮的期限，這次卻輪到妳面臨時限危機……」

是的，這是自作自受。

要笑就笑吧。

那時候的我理智完全錯亂，不過就算這麼說，也不能完全不負責吧。應該接受報應。

這也是為了報恩。

「哎，大概也只能這麼做了，不過我這個做朋友的想一針見血提醒妳，如果沒能獲得成果，到時候的末路會更悲慘。妳的末路將是放棄漫畫家的夢想，而且也沒辦法上高中，卻也沒能力出去工作。」

這不只是末路，還是死路。

八面玲瓏卻走投無路。

這正是適合我的未來，不過我這個朋友講得真嚴厲，受不了。

如果我在學校至少結交一個這樣的朋友，我的國中生活想必會帶著格外不同的色彩吧。只會講嚴厲話語的月火，和我上了不同的國中。

「像這樣背水一戰，或許能讓妳的努力更有效率，這算是僅有的慰藉吧。畢竟能夠努力果然也是一種奢侈。『允許努力的環境』以及『不努力就無法生存的環境』，肯定是完全不同的東西吧。」

「我深有同感。」

我不打算討論「努力的天分」這種東西，不過至少我在打造「能夠努力的環境」時失敗了。

大大失敗。

滿滿地失敗。竭盡所能地慘敗。

既然生活的部分完全靠父母打理，我更應該說服父母，保住他們的面子，並且追逐夢想。就父母的角度來看，失蹤將近半年的女兒好不容易回來是好事，卻在住院之後變成家裡蹲，這已經不只是煩心的程度吧。

我缺乏對父母心情的顧慮。

我是不懂人心的孩子。

總歸來說，我是和失蹤之前完全沒有兩樣的獨生女。

不可能獨當一面。

「哎，真正在追逐夢想的傢伙，無論聽父母怎麼說，害父母怎麼擔心，添父母多少麻煩，也有人會堅持自己的路。如果被要求放棄就放棄，我覺得這種人還差得遠。」

「我覺得一點都沒錯，也希望能像那樣堅持下去，但我實在無法想像自己做得到這種事……我沒有堅持己見的自己。」

我只想像得到被要求放棄之後，就怪罪父母「是你們要我放棄的」然後放棄的自己。

想像力這麼貧瘠，大概沒辦法成為漫畫家吧……不對，負面思考不太好。

要正面思考。

要想像不到一年就取得成果的自己。

「但如果妳說無論如何都要成功，其實有個簡單取得成果的方法。」

「咦？」

簡單的方法？

那我就說吧，我無論如何都要成功，然後呢？

「千石撫子，就我剛才聽到的，妳的煩惱是沒時間吧？雖然想努力，自認沒有怠於累積經驗，但是距離突然強橫宣告的時限太短了，妳是這麼說的吧？」

「唔，嗯……是沒錯啦。」

聽她這樣整理，總覺得我好像在發牢騷。

哎，應該是在發牢騷吧。光是能夠請假不上學，就可以說爸媽很疼我了。

「與其說疼妳，應該說寵壞妳喔。所以關於妳被養成廢物，妳最好向爸媽抱怨一下。『是你們兩個把我養成這樣吧，啊啊！』像是這麼說。」

「斧乃木小妹，為什麼妳知道我那段時間的言行舉止？」

「因為我也是專家。」

「哪門子的專家啊……我怎麼可能講那種話？」

這是典型的叛逆期。

不曾經過這段叛逆期，確實是千石撫子以及千石家抱持的問題就是了。

因此，我的父母為了解決問題，才會突然採取強硬態度吧。

「所以，有方法。總歸來說，妳只要國中生出道就可以吧？」

「嗯，算是吧……」

這種說法，聽起來像是立志成為閃亮國中生的新生，不過在國中時期成為漫畫家，絕對不是不實際的夢想。

如果是少女漫畫家，不到十五歲就出道的老師絕對不罕見。不過當然是少數派，在少年漫畫領域，印象中大多是十五到二十歲的年紀出道。

「方法有兩個。」

「兩個？多達兩個？」

「其中一個方法絕對不推薦就是了。不過，千石撫子，我覺得欠妳一份非比尋常的恩情，所以我就指點迷津吧。」

非比尋常的恩情？

我只是聽妳抱怨月火而已……看來斧乃木在阿良良木月火的房間留下慘痛無比的回憶。

我能理解就是了。

還有，對於「指點迷津」這種說法，我也想講幾句話，但是對我來說，我已經急不暇擇了。

若能獲得脫離這個困境的方法，要我提供哈根達斯的冰淇淋給斧乃木也在所不惜。

「斧乃木小妹，教我吧。」

「第一個方法，是在下一份完成的原稿貼上妳的大頭照再投稿，這麼一來，編輯部應該會把妳拱成美少女漫畫家吧。」

她平淡地這麼說。

就只是平淡地說。

「或者說，在妳至今匿名上傳的投稿網站公開真實身分。妳戲劇化的人生，肯定能讓作品綻放更燦爛的光輝。」

「……妳認為我會這麼做嗎？」

「應該不會吧。我只是姑且說說看……頭髮剪超短，整天穿著像是運動服的寬鬆居家服，這樣的妳和以前比起來，『可愛』的成分消除了一大半，就像是刻意自殘贖罪，但還是天生麗質。如果請專業攝影師拍宣傳照附在作品一起投稿，我想肯定會被當成ＶＩＰ喔。說不定女性雜誌會聯絡妳。」

「要是女性雜誌聯絡我，我的夢想就終於開始走偏了。」

「從事模特兒工作，一邊走臺步一邊立志成為漫畫家，這也是媒體會喜歡的角色性質喔。」

這個怪異為什麼精通媒體戰略？

「這種做法，我覺得也不能一概否定，不到旁門左道的程度喔。不是捷徑也不是密道，是高速道路。因為妳的可愛也是傑出的天分。要是不好好活用，我覺得是國家的損失喔。」

居然稱讚到這種程度。

國家級？

「以『一萬小時法則』來說，妳不只三年，而是持續可愛了十五年以上，所以是無話可說的一流。一流的可愛寶貝。雖然因為用法錯誤，導致去年發生天大的事件，不過只要正確使用這份可愛，肯定也能造福世界與世人。看看偶像吧，無論男生還是女生，妳知道可愛能讓多少人幸福，能產生多大的經濟效應嗎？」

雖然她以經濟效應說明，但是說到幸福這方面，應該如她所說吧。只不過，我不認為自己學得來。

就算規勸我看看偶像，我也學不來。

不過，這個怪異連偶像都懂這麼多嗎？

「這麼可愛的十幾歲少女，描繪出殘酷血腥的世界觀……我覺得就是當今世界正在尋求這種反差。不能否認可能會因為反作用力遭到挖苦中傷，但妳想想，妳就宣傳自己家裡蹲沒朋友的負面形象，營造出難以抨擊的氣氛吧。抨擊妳的傢伙都很殘忍……要打造出這種氣氛不是難事。交給我吧。」

「我不是說過不會這麼做嗎？不要這樣宣傳啦。」

而且是負面宣傳。

還有，我可沒在描繪殘酷血腥的世界觀。

「也對。那麼，這個提議收回，我說明第二個方法吧。」

斧乃木很乾脆地讓步。

總之，她應該只是說說看吧。

畢竟一開始就說不推薦這麼做了。

「不，千石撫子，我不推薦的方法是第二個方法。我個人認為不應該這麼做。不過，既然妳拒絕走偶像漫畫家路線，那麼方法就只剩下這一個了。」

「咦？只剩下這一個……」

「妳在剩下的這一年，付出一萬小時的努力就好。」

她當然還是說得平淡，語氣和剛才推薦的第一方案一樣，所以我差點不小心聽漏，那個……這孩子剛才說了什麼？

「我說，妳在剩下的這一年，付出一萬小時的努力就好。嚴格來說，妳剩下大約十個月。妳在這十個月，付出一萬小時的努力就好。」

「不……不對不對不對不對！不可能不可能不可能不可能！」

我不是一直說不可能了嗎？

每天不眠不休努力二十四小時，才好不容易可能在一年內達成一萬小時耶？如果加上至今的努力，或許可以稍微扣一點時數……但這是在誤差範圍內吧？

要是二十四小時一直畫畫，我這種虛弱的女生，不到一週就會歸西耶？

「沒錯，這是重點。一萬小時法則的最大漏洞，我認為就是這裡。講得好像努力一萬小時以上就絕對可以變成一流，這種像是擔保的說法，如果當成鼓舞勇氣的話未嘗不可。只不過，『練習量正是實現夢想的車票』這個定義，完全忽略故障者的出現率。試著增加練習量的過度負荷，將成為遠離夢想的最短捷徑。努力過量絕對不合理。應該考慮的是努力的質。品質差的努力再怎麼累積，也只會成為負面效果，只會成為負面宣傳。」

妳明明懂嘛。

說得也是。

即使說會歸西是誇大其詞，但如果沒適度休息一直畫畫，就會罹患肌腱炎。一旦變成慢性病，可能陷入不得不放棄漫畫家夢想的狀況。

就算因為身體故障而放棄，如果被人說「看吧，誰叫妳半途而廢」，那可就忍不下這口氣了。

不只是忍不下，想做也做不了。

艱苦的訓練確實能誕生明星選手也不一定，但是如果誕生一名明星選手必須造成一百人故障，這種訓練方式絕對稱不上優秀。

「『一將功成萬骨枯』是吧。不，反倒應該比喻為養蠱。成為漫畫家之後，或許依然是這樣吧。為了挑戰機率誕生暢銷作品，最好的方法就是盡量找更多漫畫家，盡量畫更多漫畫。」

「嗯，聽說以前的世界真的是這種感覺。」

肯定是嚴格的競爭社會，不過最近好像稍微會顧慮人權了。

真是太好了。

不過對我來說，這應該是還不確定是否存在的未來。

「那麼，我該怎麼做？不加重負荷，卻還要在不到一年的時間累積一萬小時的努力，絕對辦不到吧？不可能吧？如果想用一年做完三年的事，即使努力的質多少下降，努力的量也只能增加到三倍。」

「真是的，妳是當過神明的女生吧？就算沒試過，但是把不可能變得可能，應該比成為漫畫家簡單吧？」

斧乃木說到這裡，就這麼面無表情說出第二方案的重點。如果她做得出招牌表情，肯定會在這時候做給我看吧。

「不是把努力的量增加到三倍，把妳的人數增加到三倍就行了。」

005

把妳的人數增加到三倍就行了。

妳的人數。

我完全聽不懂斧乃木究竟在說什麼。

「就說了，只要包括妳在內合計三人……不，這樣不太可靠。那就合計五人吧。這麼一來，排班應該就順暢了。」

但她無視於這樣的我，開始微調數字。

我終究停止素描的手。

說到底，這孩子要我怎麼做？

我困惑不已。

「不不不，所以啊，妳剛才也說過，漫畫家這份工作，基本上不是包括助手的合作嗎？與其說是以個人身分，不如說是身為組織成員之一，身為團體的一分子行動。」

「唔，嗯，重點在於團隊合作。所以溝通能力要強，否則沒辦法勝任……」

「換話說，妳別說當助手，連當個組長的天分都不知道有沒有，這就當成將來的課題吧。不過，即使妳再怎麼內向，即使是現在的妳，如果對方是妳自己，好歹還是可以溝通吧？所以妳準備四個自己擔任助手就好。」
愈來愈聽不懂了。
看到我闔上素描簿，斧乃木也停止擺姿勢，從桌上輕盈跳下來。
無聲無息地落地。
從這小小的舉動，也看得出她非凡的身體能力。
「恕我直言，這也是我專長的領域。我說過嗎？我是人偶怪異，同時也是陰陽師的式神。」
「式神……」
那個……這個詞本身我經常聽到。
應該說，經常在漫畫看到。
我不知道式神嚴格來說是什麼東西。
甚至沒有陰陽師相關的基礎知識。
斧乃木是怪異，我第一次見面的時候就聽她這麼說，不過這麼說來，關於出身與細節，我至今不曾問清楚。看她像這樣沒賣關子就告訴我，應該不是什麼機密吧。
「面對曾經是神明的妳，說自己是式『神』太厚臉皮了，所以改用『使魔』這個稱呼也行。大致來說，就是代替主人做事的忠實僕人。只不過，相較於吸血鬼的眷屬，式神更偏向是代理人。如果眷屬是家人，式神就是傭人。以我的狀況來說，身為主人的姊姊不能走地面，所以我的職責是成為代勞的跑腿，在各地勤快行動。」

斧乃木坦白對我說明。

雖然說得坦白，但我聽得不是很懂。

就算她說我曾經是神明，但我也沒有怪異方面的專業知識。當時很多重要的過程都沒留在記憶裡。

姊姊？不能走地面？

「有機會再介紹吧。如果是姊姊，肯定一見到妳就對妳說教。」

我可不想一見面就被說教。

斧乃木說這個人是「姊姊」，不過聽她的說法，應該不是親姊姊吧。

畢竟「人偶的姊姊」也是一種概念。

「總之，如同姊姊有我這個式神，妳也製作式神當自己的代理人吧，這就是我的提案。就算一個人做不到，如果五個人合作，無論是努力的量還是成果，應該都能在不到一年的時間內達成吧？」

唔～……

即使聽不太懂，我也覺得聽得懂斧乃木想表達什麼意思……她說的「製作式神」，果然算是在講某種夢想吧？

「連這種程度的夢想都沒辦法實現，卻能實現成為漫畫家的夢想？妳這麼認為嗎？」

不，我就是這麼認為喔。

請不要講得好像是至理名言。

「具體計算看看吧。」

斧乃木說完，抽出我抱在胸前的素描簿，從筆筒拿出一根G筆。

為什麼是拿G筆？

但也不是拿鏑筆就沒關係。

「距離畢業典禮剩下的天數設定為十個月，約三百天。用一萬小時來除。後面的零去掉，三天要一百小時。換句話說，每天大約需要努力三十三小時。」

原本在這個時間點，計算就會出現破綻。

超過九小時。

但是斧乃木不以為意繼續寫。初學者難以掌控的G筆，她用起來頗為順手。

不過是握著拳頭拿筆。

「這三十三個小時分配給整個團體。五人團體。依照工蟻法則，先發和板凳的比例是『8：2』，也就是以四個人工作，一個人休息的方式排班。所以實際工作人數是四人。每人努力八小時，8×4是三十二小時。距離三十三小時還差一小時，那麼，每個人就工作八小時十五分吧。這樣合計是三十三小時……就可以達到一萬小時的努力了。」

「這樣啊……」

總覺得被數字矇混過去，不過如果由五人集團輪班努力，確實可以在畢業典禮之前累積合計一萬小時的努力。

這當然是紙上談兵，實際上也有身體不舒服的日子、生病的日子，或是發生狀況所有人都無法運作的日子，所以應該無法完全照計畫進行，但我自認至今沒有怠於努力。包括這一點在內，應該可以達到法則的基準吧。

只不過，相較於第一個方案，這個方案基於不同的意義令我非常抗拒。

「斧乃木小妹，我不想讓別人代替我努力……因為，至今我把這種事情塞給月火或是貝木先生，才會落得這個下場。」

「嗯，我真的這麼認為。完全同意。妳說的一點都沒錯。妳終於講得出正確的事情了。」

妳也太強烈同意了。

看來對我也累積不少怨氣。

「所以，始終應該由妳自己努力。努力的人應該是妳。換句話說，雖然叫妳製作式神，不過這個式神始終必須是千石撫子才行。我一開始就是這個意思啊？對於使用者來說，身為代理人的式神，本來就是這樣的存在。因此……」

斧乃木翻到素描簿的空白頁，然後還給我。

「接下來，妳在這本素描簿畫出四個版本的自畫像，畫出四個千石撫子吧。我幫妳立體化。」

幫妳具體化。

打造成四具式神。

006

原來如此。

我終於可以點頭了。

找到能點頭的部分了。

看得懂斧乃木主張的內容了。換句話說，斧乃木要我做的是類似「好多個哆啦A夢」的事情。

「好多個哆啦A夢」。

在著名的《哆啦A夢》之中，是號稱在兒童讀物描寫時間悖論，充滿野心的初期作品。

即使沒看過，也是和〈再見！哆啦A夢〉、〈奶奶的回憶〉、〈大雄的結婚前夕〉相提並論的知名故事，所以任何人應該都以某種形式知道這篇故事，這裡就避免不識趣地詳細介紹內容了，不過簡單來說，劇情是使用時光機把各個時段的哆啦A夢帶來，五人聯手處理大雄託付的大量作業。

以我的狀況，我沒有時光機，所以沒辦法把兩小時後的我或四小時後的我帶來，不過斧乃木說可以使用別的方法。

她繼續闡述論點。

「妳記得嗎？我第一次來到這個房間時的事。那時候，我不是要妳畫一張蛞蝓圖嗎？當時我以專業技術，巧妙利用了殘留在妳體內的蛞蝓豆腐，不過那個時候，妳畫的蛞蝓豆腐超乎我的預料，成為超強的怪異立體化對吧？」

「啊……嗯，妳說過這件事。」

「這當然證明了阿良良木月火多麼危險，但我認為也證明了妳的畫技。應該說潛能吧？我像這樣經常來找妳，擔任模特兒協助妳，不只是要報答妳聽我發牢騷的恩情，同時……應該說更重要的是，我在妳的身上看見異稟。」

「異稟？」

這兩個字令我不經意有點開心，不過說來遺憾，這不是我期待的那個意思。

「妳不小心畫出來的符咒，可能比這附近的專家畫的符咒更有效。妳有這種風險。」

「但我不想畫什麼符咒……」

我曾經因為符咒吃盡苦頭。

萬萬沒想到，斧乃木居然是基於這個意義，才會經常來到我的房間。

異稟的「異」原來是怪異的「異」。

居然說風險……

明明對我來說，符咒才是風險。

既然被列入觀察對象，我不就和月火一樣了？

和月火一樣。這立場真恐怖。

「對於沒有形體的妖怪來說，視覺化是極為重要的因素。鳥山石燕是如此，鳥山明也是如此。」

我第一次聽到有人將鳥山石燕大師和鳥山明老師相提並論。不過，從影響力來看，真的有種雙雄並立的感覺。

視覺化嗎……

「小說總讓人有種難以著手的感覺，不過如果在封面畫上角色，就變得容易想像吧？夏洛克·福爾摩斯那頂知名的獵鹿帽，其實是插畫家原創的，不過如今感覺真的是名偵探的象徵對吧？」

獵鹿帽的事情很有名，不過這是不是離題了？

不，如果是當成情報說明這段關於畫技的事蹟，那就不算離題吧。原本只能口耳相傳的怪異奇譚使用圖畫來表現，這應該具備很大的意義。何況以前的日本人識字率肯定沒有現在這麼高。

看不見的怪異可以畫成圖來解讀，說來也挺諷刺的。

「嗯。像是VOCALOID的初音未來，正因為擁有匹敵美妙性能的角色設計，才會這麼受到喜愛吧？另一方面，《清秀佳人》的封面。聽說一開始畫的是金髮女孩。如果原作標題原名不是《紅髮安妮》，畫成金髮或許也無妨吧。這麼一來，命名也真的很重要。例如『初音未來』就是『來自未來的初始之音』。」

她對初音未來真有愛。

我不知道《清秀佳人》的這件事。

記得真正的原名是《綠色屋頂之家的安妮》？

「所以，我想在這時候測試妳的異稟。妳的畫技、畫作、圖畫，究竟擁有多少能量……如果妳的自畫像是可以化為式神的自畫像，到時候我就把妳介紹給臥煙小姐吧。」

這麼做對我有什麼好處？

在我先前升格為神的理由之中，這位臥煙小姐占了重要的一角吧？

我沒有責備她的意思，但也因此，只要想到她對我的想法，老實說，我可不想和她繼續扯上關係。

「正因如此喔。『報恩』並不完全是藉口。因為千石撫子，妳和姬絲秀忒·雅賽蘿拉莉昂·刃下心不同，還沒獲得無害認定。以結果來說，妳沒做什麼天大的壞事，換個角度來想，這座城鎮某段時期也是多虧妳而保持平穩，所以應對方式目前還懸而未決，不過依照專家的決定，妳就算現在才被除掉也不奇怪。反倒正因為妳不再是神明，令人放心又沒有風險，所以抓準這個時機想除掉妳立功的專家就算出現，也一點都不奇怪。」

這個世間真不好過啊。

雖然我就是閣下這麼大的禍，但如果不是因果報應，也不是犯罪的懲罰，而是只為了立功就被除掉，我終究會抗拒的。

「對吧？所以只要對臥煙小姐展現妳出類拔萃的異稟，表現出妳是個必要時可以利用的傢伙，就可以讓那個像是人脈怪物的總管把妳納入庇護了。」

明明是專家卻好像怪物耶。

可以利用的傢伙……我真不想表現這一點。

總覺得被她的花言巧語說服……不過，先不提有沒有好處，總之，這個提議聽起來對我沒有壞處。

老實說，我內心也想確認一下。我畫的蛞蝓圖，成為怪異立體化的時候，是連斧乃木都應付不來的強力怪異……這麼驚人的事情我究竟該怎麼接受？這對我來說是一個難題。

風險。

努力畫的漫畫因為是努力畫的，所以在立體化、現實化、怪異化之後，引發天大的事件。即使不是為了立功，專家也會立刻除掉我吧。

我還留著這種能力的話，就必須完全刪除，如果做不到，我希望能夠控制。

那麼，這次的測驗對我來說也是試金石吧。

嗯。

「知道了，那我試試看吧……畫出四個我就好吧？」

總之，在學畫的過程中，自畫像是基礎中的基礎，所以畫起來不算辛苦。在斧乃木頻繁來訪之前，我真的是會在鏡子前面擺姿勢，或是拍自己的照片，以自己為模特兒進行人物素描。

只不過……

「嗯。不過，每張圖的設計可以姑且改一下嗎？」

斧乃木提出這個要求。

「如果無法辨別誰是幾號千石撫子也很頭痛。以最壞的狀況，如果搞不懂五人中的哪個千石撫子是真正的千石撫子，不就是大麻煩了嗎？」

不只是大麻煩那麼簡單。

是立場崩壞的危機。

「說正經的，原本是代理人的式神反過來取代陰陽師的例子也不是沒有。所以即使同樣是千石撫子，方便為四人各自加上不同的個性嗎？」

這要求還真難。

就像是漫畫裡出現雙胞胎兄弟的時候，即使長得一模一樣，也要在細節下點工夫，方便讀者辨別嗎？

立志成為漫畫家的我，忍不住摩拳擦掌了。

動力稍微增加。

「那麼，就從髮型做區別吧……對了。」

靈光乍現。

我無法使用時光機帶未來的我來這裡，卻能輕易畫出過去的我。

雖然比不上月火，但我最近也常改變髮型。我想想，既然是「五人合作」，除了現在短髮的我，還要四種髮型嗎？

我一邊想，一邊開始打草稿。

首先是最長的髮型。

期間最長，頭髮本身也最長。

「喔，瀏海模式。我沒看過的髮型。」

「嗯。沒錯，這個版本的我，記得被叫做瀏海妹……」

當時總是被調侃。

一點都沒有遮到羞。

「這是留長瀏海不讓人看見臉……內向，最乖巧時期的千石撫子……那麼，我們就叫她『乖撫子』吧。」

乖撫子……

以成人的意義來說聽起來很成熟，不過總比瀏海妹來得好，就這麼命名吧。

唔～……

以瀏海遮住雙眼的角色，很難表現臉部表情耶……不過這是我，是我做過的事。

俗話說得好，眼睛比嘴巴還會說話。

這比面無表情的斧乃木還要難捉摸……班上有這種人的話，有點恐怖。

我甚至覺得毛毛的，這種孩子哪裡可愛？

之所以忍不住以否定的眼光評定，大概是包含自虐成分吧。

總之，這部分在描線的時候調整吧。

下一個。

第二個我。

「嗯？這我也沒看過……戴髮箍把瀏海往後收……妳有過這種時代？啊啊，是那個嗎？積極向某人示好那時候的千石撫子嗎？」

她居然知道。

或許是身為專家，對於曾經惹出問題的我，幾乎徹底完成了身家調查。

不提這個，和乖撫子不同，長長的瀏海全部往後收，露出額頭的千石撫子，表情特別好畫。

眼睛的有無居然差這麼多，這是新發現。

「命名為『媚撫子』吧。」

好過分。

眼淚差點就掉出來了。

「這是在極短篇穿超小比基尼泳裝的千石撫子吧？這不是媚撫子，什麼才是媚撫子？」

確實是媚撫子。

她提到源自動畫的極短篇，我對此不以為然，不過這時候就死心聽她的話，採用這個名稱吧。

受到名稱的影響，我打草稿畫出來的表情也頗為嬌媚。斧乃木剛才說命名很重要，看來正是如此。

「乖撫子」與「媚撫子」嗎……

雖然要改名稱就要趁現在，不過第三個我會叫做什麼名字呢？

我行雲流水畫出第三張自畫像。

「啊，這我看過。是那個。引以為傲的瀏海被阿良良木月火一刀剪掉時的千石撫子吧？」

「嗯……正確來說是一刀剪掉之後，由火憐幫我修整的。」

話說她真的很清楚。

不，記得斧乃木這時候已經來這座城鎮了？所以才有印象嗎？

「嗯，我經常來玩。不過，我是在動畫看到的。」

她也太跳脫框架了。

「變成這個髮型的時候，妳在教室闖了大禍吧？記得就是因為這樣，所以妳現在去不了學校？」

雖然希望她別說我闖大禍，不過，我確實闖了大禍。

在班上大鬧一場，厲聲怒嗆。

我對此耿耿於懷。

「當時妳像是被摸到逆鱗一樣暴怒，暢所欲言對吧？那麼，這個短瀏海修齊的千石撫子，就決定叫做『逆撫子』了。」

記得這個早就成為官方用語了。

聽說在動畫版的副音軌，真的就是這麼稱呼的（被這麼稱呼）。而且實行犯不是別人，正是月火。

「到了這個地步，第四個千石撫子的髮型，我也不用問了。」

「嗯……只有那個了。」

只會是那個。

被供奉在北白蛇神社時的我。

被當成神供奉的那時候。升格為神那時候的我。

蛇神大人那時候的我。

當時的我，髮型比逆撫子還要前衛。畢竟十萬根頭髮每根都是蛇。

匪夷所思的角色造型。

太離譜了。

終究沒辦法把十萬根頭髮都畫出來（得花上一萬小時），所以這部分我巧妙省略，算是漫畫的技法吧。

不過老實說，畫起來很過癮。

氣力與筆尖都很順。

「確實，聽說畫技愈好的畫家，比起老是畫俊男美女，更容易想畫怪物。」

不，我畫乖撫子、媚撫子與逆撫子的時候，並不是想要畫成美女。雖然過度自虐也不太好，但是把自己畫得太美，會把場子搞得很冷。

「這樣啊。所以妳正常畫出原本的自己，就會畫得這麼可愛啊。」

斧乃木這種說法真不留情。

不過，這也是我得面對的部分。即使絕對不採用連同照片一起投稿的點子。

好，完成了。

蛇髮造型的我。

「命名為『神撫子』吧。」

最後，名稱全部由斧乃木決定。

或許她喜歡拍板定案的感覺。

「團隊就算合計六人也沒關係，真的不用加入DJ・NADEKO嗎？」

「我說啊，那孩子是連動畫版都沒有實際存在過的角色。」

「那麼，今撫子。接下來可以把這四人從頭到腳仔細描線嗎？這部分要多花點時間，盡量仔細畫，用心畫。注入靈魂。到時候，我就會朝這本素描簿使用法術。」

「嗯……那個，妳剛才把現今的我稱為『今撫子』，終究不要這樣好嗎？講得好像把我這個本尊和式神們歸為同類。」

聽到斧乃木有氣無力回應「收到」之後，我開始描線。這或許會決定我接下來這一年的進退，決定我的將來。想到這裡，我不由得注入滿滿的幹勁。

好好畫吧，嘿呀！

007

「所以妳就『嘿呀！』畫出來了嗎？就這麼振筆作畫嗎？哈哈！真愚蠢。」

扇先生愉快地這麼講評，就像是在現代不景氣的社會難得聽到這種爆笑的經歷。我對他這份態度有點意見，但我們正在共乘一輛ＢＭＸ，所以也不能逼問。說不定又會出車禍。

應該說，站在ＢＭＸ表演特技用的後輪橫桿共乘，是我第一次的經驗，所以光是維持平衡就沒有餘力，狂冒冷汗。

無法逐一對扇先生的消遣起反應。

即使不提這個，共乘腳踏車本身就違法，但這是逼不得已。這應該適用於緊急避難的狀況。

拜託請適用。

因為我一定要把逃走的四個我抓回來。

「『逃走的四個我』是嗎？」

扇先生輕聲發笑。

不用看他的臉，也大致想像得到那張表情是哪種笑容。我畫得出來，但我不畫就是了。因為我正在遭受的困境，難受到令我一輩子不想畫畫。

不過，不愧是男生。

即使讓我坐在後座（不對，是站在後面），也完全不以我的重量為苦，輕盈踩著踏板。

……是男生沒錯吧？

先不提是不是初次見面……不對，不知為何，說著，我也覺得彼此是初次見面。覺得他是我初次見面的男生。

既然這樣，和初次見面的男生共乘腳踏車，就別種意義來說也是危險狀況。

「也就是說，這個嘗試本身成功了。四個千石小妹——乖撫子、媚撫子、逆撫子、神撫子，這四種形態的千石小妹，漂亮地從二次元召喚到三次元。哈哈！我的天，真是不得了，余接小妹也沒想過居然四人都成功吧。與其說是需要人手，這其實是提高成功率的『亂槍打鳥』作戰。她原本應該是認為頂多兩人，或是一人能成為式神就萬萬歲吧。」

「嗯……她後來是這麼說的。」

順帶一提，說到斧乃木小妹，她和我往反方向去找四個我。她的機動力應該可以期待，但就算這麼說，我也不能摸魚。

不能放任四個我。

不能放任四個撫子在外面亂來。

「哈哈！聽妳說『撫子』，就會想起妳以前的第一人稱耶。」

「……如果是初次見面，應該不知道這件事吧？」

「哎呀，我大意了。剛才當我沒說。」

如果這樣就可以當你沒說過，希望你順勢讓我今天早上的行動也沒發生過。拜託了。

「不不不，無力的我頂多只能幫妳帶路。去追剛才偶然見到，穿制服的千石小妹，是我在這部物語的小小職責。」

「穿制服的千石小妹」嗎？

換言之，應該是乖撫子。

為四個撫子描線時，我讓她們穿上不同的衣服，做為設計的收尾。所以化為實體的她們，即使不靠髮型也能辨別。

「可是，千石小妹，順利顯現成為式神的四個千石小妹，為什麼會跑得不見蹤影？依照預定，這四人不是應該和妳團結一致，以達成一萬小時為目標，為了成為漫畫家而勤快開始努力嗎？」

咦？我說了這麼多嗎？

我立志成為漫畫家這件事，如今隱瞞也沒意義，所以也沒差就是了。

「余接小妹疏忽了什麼細節嗎？畢竟那孩子現在擔任月火小妹的隨從。和月火小妹一起行動，總是容易動不動就出差錯，她是基於這個法則鑄下大錯嗎？」

扇先生和月火也有交集嗎？

他講得像是對月火有獨到的見解，不過扇先生與月火，我總覺得他們搭檔起來將是天大的禍害。

只不過，斧乃木本人好像也在意這件事（她面無表情反省說「最近的我不成材」），不過只有這件事，必須說是我這個千石撫子——今撫子捅的婁子。

「是我大意了……」

「是喔。和我一樣？」

不一樣。

「『努力成為漫畫家』，是『現在的我』的立場……所以，就算召喚以前的我當式神，她們也不會願意幫我。」

不只如此，「如今隱瞞也沒意義」這個想法只有現在的我才有，之前各個時代的千石撫子，一直隱瞞這樣的目標與夢想。

也無法指望團結一致。

根本不可能排班。

彼此之間反倒是捲起自我厭惡的暴風雨。

我原本和平的家裡蹲現場，上演一場驚天動地的大戰。雖然好不容易安撫所有人，但是這樣的我成為第一討厭鬼。

最後，四個撫子甚至沒幫我的原稿畫框線，就像是一哄而散般逃走。

因為一下子就四散逃走，所以我與斧乃木一時之間都無法反應。那四人只有逃走的方式團結一致。

這部分感覺也像我的作風。

說到逃避就是日本第一。

順帶一提，也有撫子是從窗戶逃走。不用說，正是神撫子。不愧是擔任神明時期的千石撫子。

不只是身體能力強，個性也奔放。

她「呀哈哈哈哈哈～！」大笑逃走。好恐怖。

只是，我也不能老是害怕。現在一定要盡快抓住包括神撫子的四個我。不然這樣下去，城鎮會陷入恐慌！

「慢著，不會發生這麼嚴重的事吧？只不過是有四個和妳長得一樣的人位於各個地方吧？」

扇先生說得像是潑冷水。

說得也是。

「恐慌」這個詞用得太重了。

關於這部分，四人四散逃走，或許可說是不幸中的大幸。幾乎一模一樣的四人一起走應該很顯眼，不過既然分開行動，她們始終是一個女國中生。

只要她們是式神的事實沒穿幫，今天城鎮也會繼續和平下去吧。陷入恐慌的不是城鎮，始終是我自己，以及再度惹出麻煩事的斧乃木。

不，總之，這部分也只有神撫子另當別論。

頭上養十萬條蛇的女生在鎮上閒晃，肯定會被人拿手機狂拍。

「哎，關於這方面，她好歹是神，應該擁有不被普通人發現的神奇技術吧。妳該擔心的或許反而是另外三人。如果那三人被抓到之前鬧出問題，所有責任都得由今撫子來扛。」

一點都沒錯。

居然會這樣。

至今一直逃避責任的我，居然得扛起他人的責任……不過雖說是「他人」，但這些人都是我自己。

假設她們做出不只是兩人共乘這麼簡單的違法行徑……這麼一來，逆撫子令我擔心得不得了！

既然這樣，可以的話我想最優先找到她，但是乖撫子與媚撫子也不能大意。以前的我，是不知道會做出什麼事的傢伙！

「哈哈！說得也是。千石小妹即使在乖撫子的時代，也會把蛇切成好幾段釘在樹上玩。」

那不是在玩。當時我不顧一切拚命求生。

「還有，我也沒釘在樹上。不過聽扇先生這麼說，我就覺得好像做過。」

「初次見面的我不可能講這種話吧？妳該不會下意識朝動畫版看齊了吧？哈哈！往事經常會愈說愈誇大喔。」

……總之，關於去年的往事，我的下意識是最不可靠的東西。

只不過，基於「將往事誇大」的意義，我正在面對的事態正是如此。

無論如何，既然我確實曾經把蛇切成好幾段，乖撫子就可能帶著雕刻刀當武器，所以對付她的時候一個不小心，我可能會受重傷。行事務求慎重。

「好，到了。我差點撞到妳之前，就是在這裡目擊穿制服的千石小妹喔。」

扇先生說著，像是將腳踏車反轉般煞車。我差點被甩下車，但我勉強撐住，確認現在的位置。

扇先生目擊我的場所。

這裡，是我熟悉的場所。

公立七百一國中的校門前。

008

我應該早就猜到的。

既然是穿制服的千石撫子，她去的場所當然是學校。以這個場合來說，在校門前看見穿制服的我，卻像是裝傻般說得那麼語帶玄機的扇先生，他的賣關子行徑才是問題所在。

既然在這裡看見進入學校的我，後來差點撞上我的時候，應該更驚訝才對吧……這個人雖然表情豐富，卻比斧乃木的面無表情更難猜透內心。

即使看他的眼睛，也是漆黑的雙眸。

但他既然帶我過來，我也不能抱怨什麼……

「嗚嗚……」

我下車之後，克制發抖的身體，抱住自己。

該怎麼說，長期家裡蹲的我，光是像這樣來到戶外，就不只是大功告成，而是功德圓滿的程度了。

明明是順勢衝出家門，藉此勉強瞞騙自己。

然而式神的我偏偏不去其他地方，而是逃進學校……學校耶？學校。

真是造成困擾的傢伙。

簡直跟我一模一樣。

不過，她應該沒有想這麼多吧。應該比追她的我更加順勢行事吧。到頭來，昔日毫無疑問把制服當成身體一部分穿在身上的我，肯定沒想到自己在下個學年居然拒絕上學。

因為我是從去年十一月開始，成為不上學的孩子……如果除去神明時代，就是二月以後的事。

不過，像這樣少根筋地造成困擾，我也不難理解昔日的千石撫子為何被稱為魔性之女。嗯，若不是自己站在被添麻煩的這一邊，就沒辦法深刻體會。

好啦，這下子怎麼辦？

老實說，我對進入學校的抗拒程度，等同於進入毒沼澤。光是想像，心臟就愈跳愈快。

如果遇到班上的大家……不，換了新的學年之後應該也重新編班過，所以我鬧過的那一班應該拆散了？

「千石小妹，看來妳在煩惱。」

扇先生說完也下車，像是向煩惱的我伸出援手般說。

「不然的話，我幫妳進去吧？找出穿制服的千石小妹就好吧？這種小事，交給我沒問題的。」

「…………………」「…………………」

「…………………」「…………………」

「…………………」「…………………」

「…………」「不，不用了。」

大約十個撫子在腦中開會，沒人說任何一句話，在形容為寂靜實在沉重的沉默狀態持續不久之後，雖然優柔寡斷的我原本不可能這麼做，卻斷然拒絕扇先生這個令人感恩的提案。

比起由式神代勞，由這個人擔任代理人，可能會讓事情陷入更大的混亂。我不免有這種預感。

加速跳動的心臟，如今像是警鐘。

「非常好。神原學姊如果有這種決斷力，現在也不會被我耍得團團轉吧。」

看來這個人將神原小姐耍得團團轉。

真恐怖。

「不過，在這裡道別也很冷淡，就容我陪妳一趟吧。穿著俗氣運動服進入學校的時候，有個穿立領學生服的人陪同比較安心吧？」

但我的內心只有不安。

還有，他剛才隨口就說我「俗氣」對吧？

別人說我「可愛」會令我難以招架，但是被直截了當說「俗氣」也挺令我吃不消。而且在這個場合，遭到責難的不是我，而是衣服。

不過，即使除去我是家裡蹲的隱情，穿著便服（居家服）進入學校，還是需要相當的勇氣。

是一般來說不必要的勇氣。

所以，如果穿立領學生服的扇先生願意陪我，我就藏不住喜悅。

雖說是立領學生服，扇先生穿的卻不是七百一國中的制服，是直江津高中的制服，但是那家私立升學學校的招牌服裝，反倒可以獲得信賴也不一定。

那麼，就讓扇先生假裝成畢業校友吧。這種演技，應該說這種騙人的伎倆，扇先生看起來非常拿手。

即使是初次見面，我也能這麼斷言。

「那麼，Let's GO～」

扇先生毫不猶豫，像是進入自己家般跨過校門。但我無法想像這個人的家。

腳踏車在校內必須推著走。首先得將這輛ＢＭＸ停在停車場才行吧。

腳踏車停車場在哪裡？我一邊想，一邊跟在扇先生身後。

就像這樣，我其實是相隔半年之久，來到原本以為連畢業典禮都不會參加的這所國中。

009

接下來等待我的，是相當意外的展開。

不，今天從早上開始就盡是意外的展開，甚至讓我覺得塞了太多要素在裡頭（父母宣告時限↓斧乃木早晨來訪↓式神實驗↓成功↓逃走↓追蹤↓差點撞車↓追蹤↓進入學校），但是事情再度出現轉折。

而且不是一次，是兩次。

兩次轉折，不就是繞一圈回到起點嗎？不就變得不是意外了嗎？不過事情依然處於意外狀態。

首先，逃進校內的撫子不是一號乖撫子，是二號媚撫子。這真的很意外。

因為我在素描簿作畫的時候，無疑是讓媚撫子穿上比較清涼的小可愛。

看來她換裝了。

瀏海好像依然用髮箍往後收……不過取得學校制服的方法有限。

恐怕是在逃走之後，和乖撫子在某處會合交換吧？唔，沒想到千石撫子們會攜手合作。

自我厭惡跑去哪裡了？

不，可是，包括我在內的五個千石撫子之中，乖撫子與媚撫子也可以說是距離比較近的兩人。

畢竟時期也是密接的。

雖說換了髮型，但是只要拿掉髮箍，媚撫子和乖撫子的造型就一樣，相似度很高。

重點來了，個性強勢的媚撫子，要是強逼個性最陰沉的乖撫子交換衣服，乖撫子應該拒絕不了吧。既然能讓我與斧乃木混亂，對於乖撫子來說，這個換裝詭計也絕對不是不利的提案。

屬於最懦弱時代的乖撫子卻得穿上小可愛，使人忍不住同情，不過，總之這部分之後再處理。現在專心應付當前的千石撫子，也就是媚撫子的問題吧。

是的，第二個意外的展開。

這個媚撫子在校內的行動成為問題。是問題行動。

我和扇先生開始在國中徘徊不久，鐘聲叮噹響起。進入休息時間了。

不妙。

進入休息時間，上完課的學生們或老師恐怕會目擊我們。尤其要是被笹藪老師看見就完了。

我會被抓。

這麼一來，我的依靠就是扇先生，不過要是變成這種狀況，我害怕這個人到時候會很乾脆地背叛我。

可能會俐落地一溜煙跑走。

所以我得趁早找到線索採取行動吧。那個，一般來想，來到學校的她，「當時的我」會直接去自己班上吧？

可是，我二年級所屬的班級，已經如前面所述解散。這麼一來……

「千石小妹，最好不要把式神視為『當時的我』，和自己切割開來喔。式神始終像是剛誕生的嬰兒，並不是用時光機從一年前帶過來的千石撫子。」

扇先生給我這個建議。

他給了一個很好的建議。

確實，她們始終是「今年」的我在「今天」畫的圖。基於這層意義，她們果然是現在的我自己。

是我的代理，我的替身。

如同漫畫家接受訪問的時候經常回答「角色全都是作者自己」。不只如此，還會發生「角色擅自動起來」的現象……

那麼，即使去了教室，或許也可能不是去二年級的班級，而是以今年的我為基礎，前往今年的我所編入，今年是三年級的班級？

嬰兒是吧……

總之圖果然是圖，想必沒有穩固的思考能力吧……在房間鬧成一團的時候，感覺也是按照本能行動。

擁有自我，卻沒有自己？

角色性質嗎……

那麼與其說是嬰兒，將她們比喻為單純的人工智慧程式或許比較正確。聽說現今的ＡＩ比我這種人聰明許多，總之我沒有其他可行之道，所以就去三年級的教室吧。

話說回來，我在文件資料上確實是三年級，但是畢竟沒有晉級的自覺，所以進入三年級教室大樓的時候，我比往常更加提心吊膽。

提心吊膽。那個……我現在是幾班？

「五班。」

扇先生告訴我。

他為什麼知道？

「不，這不是我為人熟知的神祕感，是聽神原學姊說的。因為那個人相當在意妳。」

這樣啊。

到頭來，「為人熟知的神祕感」令我不以為然，就算這麼說，這件事為什麼會傳給扇先生也令人不可思議，神原小姐也是，連我在哪一班都瞭如指掌，感覺有點像是跟蹤狂，但我還是心懷感謝。

畢竟現在就像這樣幫了我大忙。

「但我也對她說過，希望她不要做這種像是計算已死孩子歲數的事。」

「並沒有死，還活著。目前有五人。」

五班嗎……

然後，我們偷偷摸摸行經走廊。雖然形容為「偷偷摸摸」，但我頭髮剪得超短，就算低頭也藏不住臉，完全是外人的扇先生則是過於光明正大，看起來反而令人起疑。

總覺得，擦身而過的同年級學生們也很自然地迴避我們。其中或許有我以前的同學，但我是這個髮型又穿運動服，對方應該認不出是我吧。

只會認為是奇怪的雙人組而迴避吧。要是公布真相，想必能讓他們嚇一跳。

不過即使只有外表改變，也不算是成長。

只是，說到嚇一跳，我觀察三年五班教室的時候，這所學校恐怕沒有人比我更懷疑自己的眼睛看錯吧。

戴著髮箍的媚撫子果然在教室裡，正在和我不認識的同班同學們愉快談笑到詭異的程度。

010

「嗯，對，我懂我懂。就是這樣～～啊～～原來如此，人家完全不知道。喔～～好佩服耶～～天啊那個，好可愛。可以可以。會是怎樣呢，好神奇喔～～好厲害～～人家好像在哪裡聽過！那是在哪裡找到的？人家以前就喜歡這種東西，愛死了～～一直都是這樣。天啊像這樣聊天快樂透頂。好熱鬧耶～～人生有這麼幸福的事情沒關係嗎？這是奇蹟。咦，已經這麼久了？簡直一眨眼嘛。有有有。感激！

是至今最棒的吧？討厭啦，超好笑的～～別講這種話啦～～每次都這樣。咦！那個人家在網路看過！嗯嗯，然後呢然後呢？人家想的和你一模一樣。人家從以前就想要耶。你怎麼知道？改天教一下啦～～就像是魔法耶，人家的話絕對做不到！不過希望總有一天一起試試看。如果做得到就好了。那就說定了喔！」

……面對周圍的同班同學，進行像是完全沒內容的對話，毫無意義的問答。這個人不是別人，正是穿制服的媚撫子。

現場的陣型，真的是以媚撫子為中心，男生女生們聚集在她周圍，不過她的語氣呈現出媚撫子的樣貌，迎合眾人到嚇人的程度。朝著四面八方搭腔。

而且好像自稱「人家」。

時尚感不是蓋的。

先進到恐怖的現代兒童。

基於這層意義，她果然不是去年暑假時的我吧。不是當時的我本身，是創造出來，像是畫出來的千石撫子。

是製作出來的千石撫子。

「…………」

可是，該怎麼說……

雖然那是人造的，是冒牌貨，是假到離譜的千石撫子，我卻忍不住羨慕。

進一步來說，甚至嫉妒。

她像那樣到處進行沒內容的對話，毫無意義的問答，這樣的她如果是漫畫的登場角色，肯定是配角吧。肯定是用來凸顯主角個性的配角，描寫成「言行輕佻的現代女國中生」。平凡，膚淺，量產型，成堆廉售，青紅皂白不分的女生。

可是，看起來極度耀眼。

閃閃發亮。

閃閃發亮到我眼睛都花了。

不，「嚮往成為平凡女生」真的是自我意識過強的自以為是吧，可是像那樣「融入班上眾人」的自我形象，不就是我從很久以前就求之不得的憧憬嗎？

老實說。

若能像那樣和大家和睦相處，夢想或目標這種東西全部扔掉也無妨。她就是閃亮到令我這麼想。

我剛才說懷疑自己的眼睛看錯，但現在我懷疑自己的眼睛毀了。

感覺志氣也差點一起毀了。

那樣的我。

那樣快樂，而且也讓周圍快樂的我。

我無法正視。

「『如果現在幸福，就不會刻意追求夢想』這種話，大概是一種真實吧。因為有不平與不滿，所以有夢想與希望。如果目的是要實現夢想，達成目標，出人頭地，受人愛戴藉以得到滿足，那麼用不著孜孜不倦拋棄現在，刻苦努力活在生死界線，乾脆在溫水裡活得輕鬆，滿足於這份溫暖與快樂，兩者不是一樣嗎？」

此時，在我肩頭後方眺望教室內部的扇先生這麼說。

酸溜溜地說。

「只不過，那樣在某方面來說只是一剎那。溫水遲早會變成放涼的冷水。現在這樣或許不錯，但是對於將來的不安，無論如何都藏不住吧。千石小妹，這裡說的『將來』正是現在的妳。她缺乏妳的身影。視覺化的她沒有遠景。在她的眼中，努力追尋夢想的今撫子看起來更是閃閃發亮吧。」

咦，這是在安慰我？扇先生在安慰我？

雖然不情願，但我被治癒了。

不過這個人絕對早就知道他看見的不是乖撫子而是媚撫子，明知如此卻還是瞞著我。

我不知道他是敵是友。

恐怕兩者皆非吧。

「所以千石小妹，妳應該盡快處理那個式神。這也是為了妳那些受到式神法術影響的同班同學們。」

差點忘了。這才是重點。

而且他說得對，這也是為了同班同學們。確實，那個媚撫子的個性親切到令我羨慕，態度圓融到令我嫉妒，所以即使像那樣周圍被眾人圍繞，也完全沒有突兀感。

不過，沒有突兀感正是無止盡的突兀感。

雖說是同班同學，不過那孩子，也就是千石撫子，是直到今天連一天都沒來上學的學生。即使角色性質再怎麼開朗又親切，也不會像那樣一轉眼就融入班上。不可能。

我的同班同學，沒有把我認知為同班同學。這裡的「我」當然是媚撫子。因為我連一次都沒有戴髮箍上學。

那麼，應該認定眼前是某種怪異現象吧。

昔日是這個現象本身的我這麼說也不太對，但我只認為是這麼回事。眼前看起來是稀鬆平常的下課時間光景，但我的同班同學等於正在被我的式神攻擊。

嗯……

不過，感覺怪怪的。

遍及整間教室，所有同學的能量。

我畫的圖，居然具備此等威力……不，坦白說，我認為斧乃木的技術也是一大原因。

所以，如果要解決式神，可以的話，我想叫斧乃木過來，不過看來沒這個閒工夫……這裡只能由我想辦法。

斧乃木已經傳授方法給我了。

「雖說是式神，但紙終究是紙。降伏式神的手段很多，我就從其中傳授一個妳也做得到的方法吧。與其說是妳也做得到的方法，不如說是創造她們的妳才做得到的方法……割下素描簿的空白頁帶在身上。將白紙直接打在式神身上，像是摺疊一樣夾進去，讓各個撫子回到紙上就好。從三次元回到二次元。」

她這麼說。

這手段挺原始的，應該說挺暴力的。

「不不不，千石撫子。真正暴力的手段，指的是我想採取的手段喔。我原本要以『例外較多之規則』，將式神們打得粉身碎骨。像是製作再生紙那樣。」

……我忍不住同情被斧乃木找到的千石撫子。這麼一來，我發現的媚撫子，在四人之中算是比較幸運的吧。

我一邊這麼想，一邊從運動服口袋，取出一張四摺的素描簿內頁。把她封印在這裡面就好吧？

降伏。

我做的事真的變得像是陰陽師了。

符咒或是御神體，說不定也是這樣製作的？

「……唔。」

唔。

雖說在扇先生提醒之後，我好不容易想起自己的使命，不過真要動手就發現有點難。要接近像那樣被人群圍繞的媚撫子……咦，這不就像是圍出人牆嗎？

難道是故意的？

「有可能。結交同伴進入群體，是為了自保最該採取的計策。因為剛出生，所以看來幾乎沒有自我意識之類的東西，不過那個媚撫子小妹成長之後，可能會成為相當難纏的怪異吧？真的會成為專家要除掉的對象。」

聽到忍野咩咩的侄子這麼說，我不免戰慄。我居然創造出不得了的怪物。

但要是維持現狀，可能成為我親愛同學（雖說大部分的人，我今天也是第一次見到）的眾人，不知道會受到何種負面影響。

即使像這樣在走廊放低身體觀察，也不知道誰會在什麼時候向我搭話，我只能毫無計畫直接衝進教室。

我下定決心了。

記得在逆撫子時代，我也做過類似的事……那個搖滾作風的千石撫子，現在正在哪裡做什麼？

「大……大家，不要上當！那……那個女生是假的！我……我才是真的！」

我鼓起蠻勇，以家裡蹲不可能發出的音量竭力大喊，但是沒人看向我。

畢竟我就算放聲大喊，聲音還是很小，即使不是音量問題，也可能是我屢屢結巴的關係，不過初次見面的同學登場，突然大喊誰真誰假也毫無說服力，這才是最大的原因吧。

受到怪異現象囚禁的同班同學，我沒能讓他們清醒。沒能摧毀人牆。

就只是感受到屈辱。

我懊悔不已。

原來如此，我重新體認到自己的失敗。我不是說服眾人失敗，是成為班上一分子失敗。當面清楚看見，仔細看見「成功模式的自己」，使我覺得自己好慘。

啊～～該怎麼說……

看樣子，乾脆我消失比較好吧？

因為，我還比較像是紙張一樣薄，比較像是冒牌貨。

這樣的想法拘束著我。

我想起斧乃木說過，也有陰陽師被式神反過來取代。也可能有這種事。

不過，既然大家看起來那麼快樂，撫子自己看起來也那麼快樂，我覺得這樣也不錯。如果能圍繞在身邊眾人的笑容之中，對這樣的同伴露出笑容，其實沒有比這更美好的事吧……

「嘰鈴鈴鈴鈴鈴鈴鈴鈴鈴鈴鈴鈴鈴！」

就在這個時候，響起震耳欲聾的噪音。

不，不是噪音，是緊急鈴聲。

是火災時會響的那個聲音。

我猛然回神。圍著媚撫子的班上同學們，也一起看向發出聲音的走廊方向。走廊方向？

不用看，我也在瞬間察覺。

正因為沒看見，我才能在瞬間察覺。

扇先生的身影，不在沒關上的教室門口。我看見這一幕就在瞬間察覺了。那個人在我衝進教室的同時離開原地，按下走廊消防栓的緊急按鈕！

他居然做出這種事。

入侵毫無關係的國中，明明不是緊急狀況卻按下緊急鈴，這再怎麼說也太無法無天了。不過這麼不妙的傢伙位於校內的時間點，確實就可以說是緊急狀況。

只不過，扇先生應該也不是惡作劇按鈴吧。雖然有可能。

請看，因為大家停止交談，同時朝走廊行注目禮，保護媚撫子的人牆不就這麼出現缺口嗎？

這就是扇先生的意圖。

可能不是，但我這麼解釋。

再怎麼快樂講話的時候，再怎麼專注勤於聊天的時候，也不可能沒察覺警鈴作響。至少效果足以讓眾人從現在教室裡發生的怪異現象瞬間清醒。

這波對話——這股統治，產生了空白。

獨自衝出去的我豪邁失敗的這段期間，那個男高中生獨自擬定對策。不對，如果只是要吸引眾人的注意力，應該有其他更好的方法吧？

這下子要怎麼收拾善後？如此嘆息的我，朝著媚撫子特攻。比起收拾善後，收拾當下比較重要。

長年以來沒運動，連體育課都沒上的我，實在不適應穿拖鞋跑步，所以雖說是特攻卻也沒多快，即使如此，我還是勉強來得及突破同學人牆的縫隙。

媚撫子沒逃走。

看來沒有連鞋子都交換，而且鞋櫃也沒室內鞋，所以她穿的也是實在不適合跑步的有跟女鞋，但是和鞋子無關，她沒逃走。

動也不動，卻也沒害怕，當然更沒有迎擊，就只是瞇細雙眼，朝著高舉素描簿內頁的我，露出自嘲的笑容。

「一心一意努力追逐夢想什麼的，不要做這種丟臉的事情好嗎？好丟臉。」

千石撫子嘲笑千石撫子之後這麼說。

要妳管！

011

趁著同學神智還沒回復，我迅速逃離教室。逃出來之後，走廊也是警鈴持續作響，天翻地覆的大混亂狀態，所以我甚至完全不知道該前往哪裡或逃往哪裡，但此時扇先生騎著BMX瀟灑趕來。

他按下警鈴之後，大老遠跑去停車場騎車嗎？這手法也太俐落了。不對，是騎法。

總之，我像是撲過去般上車，站在扇先生身後。BMX是可以下樓的腳踏車（兩人共乘這麼做當然不是安全行為），所以接下來的逃走速度很快。

在警鈴作響之中，騎著腳踏車載人的高中生肆無忌憚馳騁而過，不用說，校內的混亂當然變本加厲。

完全造成恐慌了吧？

這搞不好會上新聞喔。

會上政治板喔。

會在社論專欄討論喔。

而且，與其說是式神撫子造成的，不如說主要是扇先生造成的……沒他的協助就無法成功回收式神，所以我不能抱怨，但是我有很多話想說。

想說除了道謝之外的話。

但是當事人一副若無其事的樣子。

不只如此，還吹起口哨。

最後還在操場多繞一圈，表演不必要的特技之後，扇先生騎的腳踏車離開公立七百一國中。真是的，本應追捕的我卻轉為逃跑的立場是怎樣？這麼一來，我愈來愈不敢來學校了。

如果這是我最後一次來學校也不太好。

「哎呀，千石小妹，看妳臉色不太好耶，怎麼了？明明難得順利捕獲一具式神，而且也成功逃離學校，哈哈，是不是發生了什麼壞事啊？」

很像忍野咩咩先生的語氣。

但是說的內容完全相反。

只不過，我現在臉色之所以不好，不只是因為被扇先生耍得團團轉，在教室面對媚撫子時抱持的自卑感才是主要原因。真要說的話，是我覺得自己消失可能比較好的那份心情。

像這樣隔了一段時間回顧就發現，那份心情或許應該解釋成式神媚撫子引發的怪異現象，甚至影響到創造出她的我。

希望如此。

我沒這麼想就撐不下去。

我不願想像那種丟臉的心情，居然是自己內心的自然情感。可是即使逞強，似乎也無法否定完全沒有這一面。

想要消失的這份心情沒有消失。

「不要做這種丟臉的事情好嗎？好丟臉。」

媚撫子最後的這段話，顯示今撫子在她眼中並沒有閃閃發亮。雖然我情急之下成功頂嘴，卻不確定下次也做得到相同的事。我下次也能虛張那種聲勢嗎？我一邊心想，一邊打開至今摺疊握在左手的紙片。

上面畫著穿制服的媚撫子。

從三次元被封進二次元的千石撫子。

降伏嗎……

服裝和我畫的當時截然不同，真神奇。我輕輕嘆口氣。

雖說是自己闖的禍，不過這個擔子果然沉重。多虧扇先生，我才能像這樣好不容易抓到一個撫子，不過關於另外三人，或許乾脆全部交給斧乃木比較好……然後我就回房間……回房間進行名為「消沉」的工作……

話是這麼說，我卻沒有聯絡斧乃木的手段。身為職業工作者的斧乃木可能有手機，但我沒有。

家裡蹲不需要這種裝置。

總之我好不容易抓到一具式神了。我想把這個消息告訴她，藉以放寬條件。

此時響起一個聲音。正是手機來電的聲音。

不是鈴聲，是震動聲。

我沒手機，所以當然是扇先生的手機。扇先生說聲「失禮了」，從立領學生服取出智慧型手機，以指尖滑動操作。

不愧是高中生，用得好順手。

「您好，神原學姊。是的，今天剛好因為個人原因請假。並不是在選神原學姊的生日禮物，請不用擔心。咦？七百一國中有人鬧事？真是的，我現在第一次聽到這所國中的名字，那裡發生的混亂，不可能和我有關吧？」

扇先生面不改色地說謊。

應該說，我們引發的恐慌，早早就傳到神原小姐耳中。認定是犯人的歹徒之一身穿直江津高中的制服，所以身為直江津高中學生的神原小姐難免收到消息。

不過，洋溢人望的這個人際網路，我不得不佩服。神原小姐升上三年之後，人氣指數無止盡地攀升。

「認錯人了喔，認錯人。您想想，據說世間和自己長得一模一樣的人共有四人……咦？是三人嗎？但我覺得好像是四人……」

扇先生笑嘻嘻地這麼說。

從這張表情，絲毫感覺不到他尊敬這位洋溢人望的學姊……這個人該不會打從心底瞧不起神原小姐吧？

總之，扇先生就像這樣不斷閃躲神原小姐的追問。

「請換我接。」

我說完伸出手。

「嗯？」

可以嗎？扇先生以眼神詢問。

由於發生各種事，發生太多事，所以我不曾和神原小姐長談，扇先生大概是難得關心這樣的我吧。或許是一如往常抱持看好戲的心情。

無論如何，多虧神原小姐知道我編入三年五班，所以受害程度減到最輕（應該減到最輕了吧？），我覺得應該道個謝。

不只是為這件事道謝，也要謝謝她一直關心我。

除了道謝沒其他要說的。

……不過，之所以冒出這種心情，大概是因為雖說只有一瞬間，卻和交際手腕高明的媚撫子交談過吧。

「喂，是我。千石撫子。」

「喔喔！千石小妹啊！好久不見！」

遞過來的智慧型手機另一頭，傳來神原小姐充滿活力的聲音。感覺不到空窗期的這個音調，聽得出她在關心我，這應該也是我看過媚撫子的言行使然吧。神原小姐真的是很貼心的人。

扇先生根本比不上，或者說扇先生根本完全相反！

「過得好嗎？」

「很好。我沒死，還活著。」

「那就好。這是最好的。」

「之前害您擔心了。現在也正在害您擔心。不過，我在活動，我存在著。」

沒有被取代。

沒時間詳細說明，所以總之我只說「謝謝您」。

上次和神原小姐說話，已經是去年初秋了，所以我無法避免變得拘謹。包括語氣與第一人稱，我都從那時候改變了。

我已經不是神原小姐那時直呼「好可愛，好可愛」疼愛的我。我已經徹底改變，媚撫子甚至都比較接近神原小姐對我的印象。

雖然不是落魄，但可以說我是不得志的千石撫子。

若要說哪裡走樣，果然是角色性質吧。

「嗯，嗯。雖然不知道怎麼回事，但是不用多禮。我只是做我該做的事。」

對於這樣的我，神原小姐沒問什麼就附和。

心胸真是開闊。開闊過頭，我不太能估算規模。

這半年來，神原小姐肯定也產生某些變化，但她果然是我知道的神原駿河。

不，正確來說，她問了我一件事。

不是我的事，是扇先生的事。

「話說千石小妹，扇學弟他真的什麼都沒做嗎？應該說，妳為什麼和他在一起？既然和妳這個七百一國中的學生在一起，這個事實讓我更懷疑他了……」

「我……我是拒絕上學的家裡蹲，所以不會去學校啊？」

我對必須滿懷感謝的對象說謊。

真是個大爛人。

扇先生掛著看見共犯的笑容，欣賞如此慌張的我。使用像是逆撫子會用的話語令我躊躇，但我好想一拳往這張笑臉打下去。

不知道是願意被我騙，還是察覺我有難言之隱，神原小姐沒有繼續追究。感謝她這樣幫我。

話說回來，事情進展得真奇妙。

以為搞不好一輩子都不會講到話的神原小姐，居然像這樣毫無徵兆，甚至沒做心理準備，就唐突有機會交談。

光是製造出交談的契機，我和斧乃木嘗試的式神製作或許就有意義了。

不提這個，在她這樣幫我的現在，我順便問了一個問題。

「那……那個，請問，神原小姐，雖然這個問題怪怪的，不過您今天有沒有在哪裡看過我？」

如果後來成功會合，到時候能提供給斧乃木的線索應該是愈多愈好。即使神原小姐自己沒目擊，想到她迅速掌握七百一國中事件消息的非凡情報網，說不定她已經聽到某些傳聞。

「嗯？不，沒這種事，我也沒聽過這種傳聞。」

「這……這樣啊……好的，那就沒事。」

「啊，不過，這麼說來……」

此時，

神原小姐忽然像是想起來般補充。

「我覺得這個事件和妳完全無關，不過鎮上各處都有人回報說，看見一個長瀏海的女國中生上半身赤裸只穿燈籠褲在街上徘徊。」

「呀啊～～～！」

混蛋，那傢伙就是撫子！

012

不知道是在哪裡變成這樣，和媚撫子交換衣服之後，乖撫子不只是變成清涼的小可愛外型那麼簡單，而是以不忍卒睹的樣貌逍遙。收到來自多方面的目擊情報，我當然不能將回收式神的工作交給斧乃木。

上半身赤裸只穿燈籠褲？

太好笑了，隨便都能笑死人。

用手遮嗎？胸部是用雙手遮的嗎？

雙手遮胸逛大街？

我不知道她這麼做在想什麼，不過乖撫子小姐，請妳不要這樣，妳還有將來

（我）啊！

這種進展，還以為扇先生應該會捧腹大笑，不過仔細看就發現，他對此意外地不敢領教。

與其說不敢領教，應該說扇先生全身各處積極表現出「啊～～總覺得應該會變成這樣耶～～」的失望感。

這也太任性了。

我可不知道你的喜好。

不過就算這樣，他好像還是願意幫我搜索。這個人再怎麼說還是挺配合的。

只是以這次的狀況，目擊情報來自各處（我臉色鐵青），所以一定得分頭找才行吧。

可以和扇先生分頭行動，我不免感到喜悅，不不不，這是逼不得已的措施。

「啊，對了，千石小妹，我想到一個好點子。我提供筆記本，妳在上面畫大約一百個妳，用地毯式作戰找出籠褲撫子怎麼樣？」

這樣不就陷入泥沼了嗎？

而且是毒泥沼。

還有，「籠褲撫子」是怎樣？

請不要為只穿一條燈籠褲的我取新的名字……滿十五歲的我現在可以理解，那是多麼匪夷所思的樣貌。

不必扇先生強調，這也是愚蠢的行徑。

「唔～～不過該不會同時認錯人吧？也可能不是妳的式神，是天生暴露狂的女國中生。」

「現今已經沒有女國中生知道燈籠褲這東西了吧？」

這真的只會出現在漫畫裡。

我沒畫那種東西就是了。

「好。那麼，這輛ＢＭＸ借妳。妳就騎這輛車找式神吧……我自己另外準備代步工具。」

他願意出借腳踏車，沒有機動力（肌力）的我非常感謝……雖然不太擅長騎腳踏車，卻也不能挑三揀四。

現在不是挑三揀四，而是不管三七二十一。

不過，扇先生說他要「另外準備代步工具」是想怎麼做？這時候該不會要把學姊——神原小姐拖出來吧……不過就我所知，那個人的機動力確實是世界頂尖的水準。

話說因為過於焦急，事情還沒有好好討論，我就和扇先生道別，分別往東西兩方向出發。如果是我找到式神撫子，我會使用只有我能用的方式，也就是把式神夾進素描簿的空白頁，但如果是扇先生找到式神撫子，他究竟會怎麼做？

總之，那個人應該會有辦法處理吧。

不是「想辦法處理」，是「有辦法處理」。

他這麼配合令我心裡只有感謝，不過老實說，可以的話即使他就這麼回去，我個人也完全不在意吧。

就算再怎麼配合，如果為人惡劣就毫無意義。

後來我踩著腳踏車，緊急趕往神原小姐所提供，籠褲撫子……更正，乖撫子目擊情報所在的地點。車子是借來的所以其實不該說出來，不過大概是扇先生自己改造過吧，這輛腳踏車超難騎。

即使能夠倒退騎又怎樣？

我現在想要前進。

我抱持這種想法，更加使力踩著踏板，就算難騎，騎車當然還是比跑步快，所以我不久就抵達一座小公園。

目擊證詞所說的公園。

入口的門牌（？）寫著「浪白公園」。由於沒有標示片假名，所以我不知道要念成音讀的「ROUHAKU公園」還是訓讀的「NAMISHIRO公園」。

到頭來，我第一次來到這座公園。

我的記性之差眾所皆知，不只如此還有不少空白部分，所以不知道是否一定是第一次來，但至少稱不上是我熟悉的地區。既然我對這裡不熟，等於我製造的式神也處於相同條件，總之上半身赤裸只穿燈籠褲的女生，我總不可能看不出來吧。

媚撫子前往我在籍的國中，在教室裡做出那種舉動，我猜她的行動原理和我這個製作者的深層心理在潛意識連結。不過，既然在對我來說恐怕是第一次來到的公園目擊她（不忍卒睹）的身影，那麼這個法則也不是絕對正確的樣子。

這部分必須檢討。

只不過，看來我是遲來的撫子。

進入公園大致眺望一圈，也沒有只穿一條燈籠褲的女國中生。有帶著嬰兒的家庭，有正在玩傳接球的小朋友們，有坐在長椅看書的大姊姊，眼前真的是一幅和平的風景，並不是有變態暴露狂的鬼哭神號風景。

唔唔……

那麼，扇先生前往的地方，會是什麼樣的風景呢？如果找這裡是錯的（或是變態早已經過），我也要趕往他那邊比較好吧。

不過，不同於將據點設在三年五班的媚撫子，乖撫子看來沒有固定據點而是到處晃，如果只是照著目擊證詞找，感覺可能永遠追不到。

而且雖說到處晃，但是綜觀所有目擊情報，她似乎以相當快的速度移動。依照至今的經驗，以時間軸來判斷她們的個性能力絕對不準，不過乖撫子是家裡蹲之前的撫子，所以走路應該比現在的我來得快。

或許因為是式神，所以不會疲累。

就算這麼說，我也沒有其他的機靈點子……我從來沒有機靈過。

因為不好找所以要求對方別亂跑，這或許是追捕者這邊的任性要求，但是就算不提這個，我也希望乖撫子不要穿那樣在街上亂晃。時間過得愈久，事情將愈難挽回。

這將成為千石撫子最後的散步喔。

再也不能走在大街上喔。

甚至不能走在暗巷裡喔。

明明好歹像這樣擺脫長期的家裡蹲生活，明明即使只是引發恐慌也還是去了學校，為什麼要在這時候增加新的家裡蹲要素呢？

這將成為最大的要素喔。

總之，如果要勉強提出僅有的救贖，大概只能說，在我製作的四具式神撫子之中，乖撫子是以瀏海遮住臉……

她具備匿名性質。

是蒙面撫子。

不過，視野捕捉到她的目擊者，應該會大為混亂吧。無法避免陷入恐慌。再度造成恐慌。

國中之所以陷入恐慌，我認為大概是扇先生害的，不過放到外界的式神們，看來果然成為引發風波的火種。

以為最安全的乖撫子卻是這副德行，那麼剩下的逆撫子與神撫子究竟會惹出什麼麻煩事？遠超過我的想像範圍。

啊啊真是的，我為什麼會想製造式神呢……我悔不當初。

何況仔細想想，使用「製作式神」這種特殊技術成為漫畫家，和斧乃木提議的偶像漫畫家路線，應該沒什麼差別吧？

即使堅稱她們都是我自己，在立志成為漫畫家卻無法製作式神的人眼中（立志成為漫畫家的人大多如此吧），我想做的這種行為只是作弊吧。

甚至覺得走偶像漫畫家路線的風險還比較高。

這或許也存在著「努力」的欺瞞。不過，若要發愁思考這種事，還是晚點再說吧。

發愁思考事情，真的就是乖撫子的個性吧。現在的我是「今撫子」。

不必思考，現在總之只需行動。

照著從神原小姐打聽到的其他目擊者情報尋找吧。

我下定決心，重新跨上腳踏車。

就在這個時候……

「太好了！撫子小妹，妳確實找到衣服了吧！」

有人從背後叫住我。

轉身一看，位於那裡的是剛才在長椅上讀書的姊姊。令人感覺乾淨俐落的鮑伯頭姊姊。看她有點氣喘吁吁，看來是全速朝我跑過來的。咦，這位姊姊為什麼知道我的名字？

013

這位姊姊是老倉育小姐。

是育姊姊。

有種「哇！」的感覺。

不，我聽過傳聞。

忘記是聽誰說的，好像是月火吧，傳聞去年十月左右（也就是我和朽繩先生打交道的那時候）離開這座城鎮的那位育姊姊，從今年四月凱旋歸來。就讀的大學好像也在這附近。

所以，還在家裡蹲的時期暫且不提，像這樣出外行走，總有一天可能近距離遭遇育姊姊。不過，為什麼是這個時候？

居然在我尋找式神的這個時候遇見育姊姊，何其偶然。

無法想像。

真要說的話……

「千石小妹，妳往這個方向找乖撫子小妹比較好喔。這樣絕對比較好。我不知為何只有這種預感。哈哈！說不定會有美妙的相遇喔！」

扇先生像是雜誌算命頁一樣神祕地推我這一把，所以我首先來到這座公園，沒想到會在這裡被育姊姊搭話。

我幾乎是相隔十年再度和育姊姊說話吧？我想想，當時是小學二年級。差不多七歲，所以大約是八年前？

小學時代，為了和同校同班的月火（當時叫她「良良」）一起玩，我打擾阿良良木家的時候，借住在她家的就是育姊姊。

與其說是借住，其實好像是保護。

不過當時我還小，直到不久前才得知這種複雜又殘酷的隱情……而且仔細回想起來，當時育姊姊抱膝縮在阿良良木家的房間角落，總是不發一語，其實我幾乎沒有好好和她講過話。說不定我甚至不曾好好自我介紹。

我清楚記住老倉育這個全名，其實是去年的事。所以她這樣主動搭話，給我相當大的震撼。

一般來說，小時候來家裡玩過，年紀又比較小的孩子，應該早就不記得了。是吧，一般來說是這樣才對。

即使記得，就算遠遠看到這個孩子，應該也不會特地跑過來搭話吧。除非剛才目擊到這孩子上半身赤裸只穿著燈籠褲徘徊。

「發生了什麼事？撫子小妹，既然遭到那麼過分的霸凌，就必須好好說出來才行吧？我認識可以信任的大人，要幫妳介紹嗎？」

我獲得誠摯的關懷了。

來自那位育姊姊。

育姊姊也已經不是昔日抱膝縮在阿良良木家的房間角落，一副「我以外的人都去死吧，順利的話我也去死」的樣子瞪著周圍的那位育姊姊吧。

或者說，也不是去年的那位育姊姊。

去年十月左右，育姊姊在直江津高中捲起不小的風暴，這件事我也有耳聞，但是相較於那段歷史，她現在對我的親切程度令人難以想像。

我還不知如何是好的時候，她就讓我下了腳踏車，拉著我的手，讓我坐在長椅上，語重心長地勸說我。

不對。

這麼說來，育姊姊就讀直江津高中的時候，有過一段很長的拒絕上學時期。沒上學的時期甚至比較長。所以才會在這種該上學的日子，看到穿運動服套著涼鞋閒晃的我而同情起來吧。

穿運動服都這樣了，要是目擊我只穿一條燈籠褲閒晃，那就更不用說吧。她所說「可以信任的大人」，或許是從這座城鎮轉學時受到照顧的公所職員。

「我……我才想問育姊姊，您在這種地方做什麼……」

怎麼看都不是正常狀況的我，得到她如此的關懷，我當然心懷感謝又開心，但是我無法說明任何事。

什麼事都說不出口。

因為，不同於專家忍野咩咩的侄子扇先生，育姊姊對於怪異一無所知。她在阿良良木家接受保護的期間，遠遠早於傳說之吸血鬼造訪這座城鎮的時間。

育姊姊是和怪異毫無關係的人。

「啊，對……對不起，我居然像以前一樣稱呼您『育姊姊』……」

不行，這是在裝熟。

如果是在細細懷舊般在內心這麼稱呼就算了，但是不該說出口。我們昔日的感情明明也不是那麼好。

使用「哥哥」或「姊姊」這種撒嬌的稱呼，應該是乖撫子的角色性質。我可不能和式神的角色性質重疊。

「沒關係啦，我不在意這種事。不提這個……那件奇怪的衣服是什麼？」

奇怪的衣服？

她說的應該是燈籠褲吧。

應該詳細說明那是神原小姐保存下來的歷史遺物嗎……總之，如果燈籠褲的存在能讓她允許我這樣裝熟，說真的，我不知道該怎麼慶幸。

「啊啊，我嗎？我總覺得沒能順利融入大學環境，所以蹺課在這裡專心看書。俗稱的『自主休假』。」

看來她升上大學也拒絕上學。

總覺得沒能順利融入環境……就因為這種籠統的理由？

受到關心的我這麼說也不太對，不過育姊姊最好也關心一下自己吧？

「大概是高一那時候吧，我經常來這座公園。這裡離戰場原同學家很近……啊啊，妳應該不認識我說的戰場原同學吧。」

我認識。

還差點打個你死我活。是神撫子時代的事。

反過來說，千石撫子升格為神之後，只憑肉身就能夠鬥個旗鼓相當的驚人女性，正是戰場原黑儀小姐。

那個人住在這附近？

如果是這樣，那我就會頓時緊張起來。

啊啊，不對，那個人現在住在叫做「民倉莊」的公寓。雖然沒把握地點，不過記得之前起衝突的時候是這麼認知的。

育姊姊剛才說「高一那時候」？

那麼，戰場原小姐應該是在之後的某個時間點搬離這附近吧。話是這麼說，她現在應該也一樣住在這座城鎮，要是我像這樣繼續尋找四散的千石撫子們，很可能在某處遇見她。

也想像得到「戰場原小姐目擊籠褲撫子」的最壞結果。

我千百個不願意。

那麼，為了避免這個最壞的結果，我得盡快解決式神問題……

只不過，育姊姊這麼關心我，感覺要甩掉她不太容易。即使除去這一點，我也基於某個原因，難以離開現在所坐的長椅。

之所以這麼說，是因為育姊姊正是乖撫子的「直接」目擊者。至今我只從神原小姐那裡打聽到變態暴露狂情報，但是順利的話，我可以在這裡直接取得更多情報。

上半身赤裸只穿燈籠褲（話說，籠褲撫子穿著燈籠褲，那她有穿鞋嗎？如果她穿那樣卻有好好穿鞋，我覺得變態程度有增無減）的我，究竟去了哪裡？現在是什麼樣子？如果能從育姊姊那裡打聽出來，應該能更稍微確實鞏固今後的搜索方針。

可是，我不能對育姊姊說出關於怪異的事情。即使限定在製作式神也一樣。其中一個原因，在於我依照常理判斷，就算我說了她也不會相信，另一個原因在於專家忍野咩咩說過：「遭遇怪異，就會受到怪異的吸引。」

簡單來說，一旦聽到怪異奇譚，就等同於已經被這個怪異奇譚滲透（回想起來，昔日肆虐七百一國中的「咒術」也是這個機制吧），所以要是貿然說出來，可能會牽連到本應和怪異現象無緣的育姊姊。

光是就我知道的範圍，育姊姊也吃過各種難以用筆墨形容的苦。想到她驚濤駭浪的人生，就覺得現在這個人能夠正常上大學（雖然正在蹺課），堪稱是可以當成指標的一項奇蹟。

我不想毀掉這個奇蹟。不能以就某些角度來看只能說滑稽的私事毀掉。

只不過，雖說是私事，但也因此對我來說是十萬火急的事件。

我可不能顧慮到育姊姊，什麼都不問就瀟脫道別。

重視人際關係的媚撫子可能會在這時候收手（然後會天南地北快樂聊天吧，一定是這樣！），不過我這個今撫子是個自私自利的傢伙！

換句話說，我現在的課題，是以完全不公開這邊的隱情為前提，從育姊姊那裡徹底問出關於乖撫子的情報。這難度也太高了。

久違重逢的兒時玩伴姊姊，誤以為我是大白天就半裸亂晃的女國中生，要我不解開這個誤會，我內心實在是千百個不願意，但我這時候要忍耐。

我也想過可以謊稱自己有個雙胞胎姊妹，但是這個謊對兒時玩伴不管用吧。

好啦，不過，該怎麼出招呢……畢竟是相隔八年的重逢，而且彼此幾乎可以說是第一次像這樣好好對話。和扇先生不同，這正經來說就像是「初次見面」。

一個不小心，尷尬的沉默就會降臨吧。這種事不難想像。

我的溝通能力差到只要被喝令出去工作就不知所措，現在設定的狀況對我來說已經很艱困了；理想來說，我希望育姊姊主動告知乖撫子的去向。

如果問得不夠高明，育姊姊對我的態度起疑，我沒自信能完全隱瞞真相。缺乏溝通能力直接代表著不擅長隱瞞事情的意思。

……不過，絮絮叨叨想這麼多也沒用。

畢竟我是這種腦袋，只能祈禱在交談的過程中順利套話。沒關係的，即使我失敗，斧乃木與扇先生也會為我行動。

但是先不提斧乃木，扇先生的動向令我留下相當大的不安……

「那……那個……育姊……不對，老倉小姐……」

「就說別在意了，像以前那樣叫我吧。就算是我，也終究不希望妳叫我歐拉喔。而且好懷念……很高興妳記得我。」

嗯？她說了一件我不知道的事。（歐拉？我想想……記得是數學家？）

只不過，「很高興妳記得我」這句話，聽起來不像是純粹對於精神狀態或許出了點問題的兒時玩伴表達親切之意，感覺蘊含育姊姊的內心想法。

很高興妳記得我。

被忘記會很難受。

明知這是天經地義的事，我還是受到打擊。

育姊姊也這麼想嗎？

……知道去年事件的人，只要談起育姊姊，都會把她說成像是超薄的玻璃，像是只要碰觸就會粉碎，不過在粉碎的時候，碰觸的手也是吃不完兜著走。

可是，就我來說，光是聽對話內容，育姊姊也是堅強又強韌的人。

說「強韌」好像不太對？

如同腳踏車的骨架，遭受衝擊的時候會自己扭曲變形，分散衝擊的力道。不然的話，我覺得很難呈現「現在還像這樣活著」這種某方面來說超越怪異現象的現象。

自傷，藉以自保。

即使像這樣以意外的形式直接見面，這份印象本身也沒變。不，基於這層意義，感覺育姊姊遠比我聽說的還要溫和。

難道是面對籠褲撫子，任何人都會收起尖刺或利刃嗎？畢竟連扇先生都不敢領教。

想到這裡，我就惶恐得不敢利用她的這份溫和，不過現在就稱她「育姊姊」吧。

「育姊姊，您……您剪頭髮了啊。」

開場以髮型當話題，我的交談能力真的是可想而知。我認識的育姊姊是小學生，所以改變髮型這種小事明明是理所當然。

不過，這個問題是我自掘墳墓。

「嗯，總之，上大學的時候剪了。想說換個形象。不過失敗了。」

她隨口說出自己的失敗經歷。

「不提這個，說到髮型，我才要問妳。從半裸狀態穿上衣服是好事，不過我現在才發現，妳那顆頭究竟怎麼了？」

育姊姊說著靠近過來。

差點忘了。

我自己看不見，所以很容易忘記，不過今撫子的髮型是看不見自己頭髮的超短髮（剪短的另一個原因是畫畫的時候會妨礙視線，所以看不見是對的）。相對的，乖撫子是瀏海妹。

目擊籠褲撫子丟臉樣貌的震撼，以及這個女生不久就穿上制服的安心感。兩者的落差使得育姊姊至今也忽略這一點，換句話說在她眼中，我不只是在這一瞬間穿上衣服，還剪了頭髮。

「居然剪得像是狗啃的……真的不可以忍氣吞聲喔。我以過來人的身分給妳一個忠告，只有忍氣吞聲絕對不可以。」

居然說是狗啃的。

我是自己剪的，所以當然剪得不整齊就是了。

「沒……沒事的，我沒被霸凌。」

「是嗎？那麼，妳穿那樣到處跑，是妳的嗜好？」

「是……是我的嗜好。」

我的交談能力無法阻止誤會加深。

「這樣啊……原來那是嗜好啊……是喔……哎，畢竟人的興趣各有不同。」

我的興趣出大事了。

這種興趣也太獻醜了。但實際上不是獻醜，是暴露。

為了不讓育姊姊被怪異現象牽連，我犧牲到這種程度，這麼一來，說謊的罪惡感也終究逐漸消失。

還是說，這也只不過是陶醉於「努力」之中？因為付出莫大的犧牲，所以能夠藉此獲得原諒之類的……

「撫子小妹，總覺得妳變了個人。」

育姊姊對煩惱的我這麼說。

「變了個人」？

不是「變了怪人」？

「沒有啦，我也不想聊到自己小學時代的事，不過以前的妳更加……就是那個啦，對吧？」

她含糊帶過。基於溫柔。

但我聽得懂育姊姊想說什麼。

清清楚楚。

「我不知道發生過什麼事，不過能夠坦率讓自己見光到這種程度，應該是一種成長吧？」

她說的「見光」是關於瀏海？還是燈籠褲？抑或是別的意思？從這番話的內容難以判斷。

說到發生過什麼事，這麼說吧，我曾經成為神。

神撫子，現在不知去向。

「我沒辦法像這樣成長。沒能成功改變形象。我試著考大學，剪頭髮，開始一個人住，不過到最後，我依然是我。只是一邊沉浸在懷舊的心情，一邊在這座公園讀書。繞了好幾圈，最後回到原來的場所，這樣和什麼都沒做一樣吧？」

她裝出自虐的感覺這麼說，但我也覺得這是在暗中安慰我。說不定育姊姊還沒拭去我遭到霸凌的疑惑。

只不過，該說這方面是人生經驗嗎？育姊姊不愧是大我四歲的大學生，講的話別有意義。她剛才說「依然是我」，不過從國中生的角度來看，大學生的話語果然撼動我的心。

不，我知道的。至少知道現在不是向育姊姊諮詢未來的場合。

至少知道事態緊急。

不過，育姊姊以現役拒絕上學的身分，過了兩年的家裡蹲生活，但是後來好歹成功回歸社會，我無法克制想向她求教的心情。

現在必須求她教我的，明明是乖撫子的下落才對……不過，這方面也還沒有著力點，所以先以這種話題暖場也是不錯的選擇吧。

以開場的話題來說有點沉重就是了。

「那……那個，育姊姊……我，現在，完全，沒上學。」

「嗯。」

育姊姊眉頭深鎖。

那副表情，那副表情。

眼神壞透了。

如果這是認真擔心別人的表情，那麼這個人難怪老是被誤會。

「並不是被霸凌，那個，是班上發生亂七八糟的風波……我闖了禍，所以就不敢去了。」

詳情草草帶過。畢竟和怪異有關。

嚴格來說，我剛才也去了一趟學校，也去了學校再次闖禍，不過這件事也瞞著她吧。畢竟我不願意被她當成不良學生，就像我不願意被她當成變態。

「這樣啊。難道妳聽說了？所以才想對我講這種話？如果是這樣，那麼一點都沒錯喔。我也是這種感覺。」

不知道是怎麼猜到的，育姊姊沒深究，還展現敏銳的一面，同意我這番話。

這樣就像是擅自冒出親近感，還以為她會抗拒……不過育姊姊或許原本就是對晚輩很好的人。

「所以撫子小妹，沒事的。在這裡見面也是一種緣分，所以我保證。只不過是去不了學校，人生不會這樣就結束。」

她斷然這麼說。

喔喔，感覺好帥氣。

才這麼心想，接下來……

「是的……真的不會結束……完全沒結束喔，人生……要持續多久啊……」

她輕聲繼續呢喃。

我聽到了。

與其說是對晚輩好，不如說育姊姊在晚輩面前，有著愛面子的傾向。既然這樣，我就全力假裝沒察覺吧。

應該從媚撫子身上學習的部分，我就盡量學習吧。

「撫子小妹，該不會是家長對妳說了什麼吧？但我記得妳的父母寵妳寵得不得了……」

居然連細節都記得這麼清楚。

這種事即使記得，我終究也不會高興就是了。

應該說，我父母給人的感覺，不妙到會留下這種印象嗎……這麼說來，貝木先生也說過這種話。

被騙徒說這種話就完了。

「嗯……我去不了高中，所以他們要我去賺錢……叫我去找工作之類的。可是，這種事我做不到。這種事，我認為他們是提出無理的要求為難我……然後，我不知道該怎麼做……」

就製作了四具式神。

最後這句，我當然沒說。

想成為漫畫家的這個志願，在這裡也保密。雖然不是什麼需要隱瞞的事，卻也不是隨口張揚的事吧。

何況從氣氛來看，育姊姊好像不太看漫畫。

宣布自己追尋的夢想，藉以斷絕後路，把自己逼入絕境的方法，也有著光是說出口就心滿意足的恐怖。

這份恐怖，和光是努力就心滿意足的恐怖有著共通之處吧。

只不過，我像這樣閉口不提各種細節的結果……

「這樣啊。不知道該怎麼做，結果就是做出暴露行為，扯斷長髮啊……」

育姊姊這麼接受了。

天啊。

我終究不是用扯的喔。

我是用剪刀。但不是剪髮專用的。

「我抱著自省的念頭這麼說吧。撫子小妹，這種嚴厲的意見該如何接受，妳最好注意一下。我在國中時代，任何人提出任何意見，我大致都會認真接受……小小的調侃或是平凡的玩笑，我比較沒辦法聽過就算……老實說，現在也難免有這種傾向，但我不認為這是對的。」

「……意思是說，爸媽叫我去工作，不是認真這麼說的？」

「這也未必。不過，我想他們也不是提出無理的要求為難妳。其實他們想疼愛妳，卻以這種嚴厲的話語懲罰自己吧？」

這種看法很新奇。

突然說得這麼嚴厲，是因為將我這個獨生女「養成廢物」，所以用這種懲罰自己的行為負責嗎？我沒這麼想過，不過聽她說完，就覺得並不是完全沒這個可能性。

這肯定不是亂發脾氣的行為。

「如果將女兒當成自己的一部分，這麼做果然不值得稱讚……啊啊，對不起。妳不想聽別人說爸媽壞話吧？」

「啊，那個……」

我說不出任何想法。

坦白說，有人幫我說父母的壞話，我也有種一吐怨氣的感受。聽到育姊姊這麼說，我就比較容易揣測爸媽的心態。

既然為我顧慮到這種程度，這個人果然是人際關係專家，不像是曾經當過家裡蹲的人。

這麼一來，媚撫子空洞的反應能力令我無地自容。

她大學難道就讀心理系嗎？

「不，數學系。」

原來有這種科系。

世間盡是我不知道的事。

即使知道，連一萬小時都會算錯的我，也和這個科系無緣。

「抱著自省的念頭說完之後，容我將自己的事情放在一旁給妳一個建議，別把這個嚴厲意見當成父母的一切。說不定他們是在心情很差的日子順勢這麼說，即使當天是認真這麼說，隔天也說不定會改變想法，說不定他們正在暗自後悔說出那種話。雖然叫妳去工作，但真心話說不定是希望妳上高中。可能是因為說不出口，所以自以為能用別的說法促使妳主動下決心。絕對不要只看話語的表面，要好好看著對方。否則，明明像是絕對服從一樣聽話，卻可能不知為何單方面惹得對方不高興。明明自認言聽計從，要是對方認為一切都沒有順心如意……這就是最悲哀的關係了。」

我很高興得到這個建議，不過更高興的是，已經成為大學生的育姊姊，沒有對這種不值一提、隨處可見的孩童煩惱嗤之以鼻，即使嘴裡說放在一旁，依然像是當成自己的事情為我著想。

我並沒有立刻聽從這個建議，不過像這樣對待我的育姊姊，果然對晚輩很好吧。或許是因為無法對自己好，所以將這份溫柔用在讓她想起昔日自己的我。

那麼，我就一定要好好收下這份溫柔。這也是為了育姊姊。

「撫子小妹，沒問題的。即使就這麼擔憂自己的未來，只要活下去，至少還是會成為大人的。」

所以，放心吧。

育姊姊說完，以極為自然的動作伸出手，輕輕摸我的頭。我第一次覺得頭髮被摸這麼舒服。

014

結果，我沒辦法從育姊姊口中問出乖撫子的下落。與其說沒辦法，應該說我在中途就確定就算問了也沒什麼意義。

說明一下原因，交談能力低落的我，好不容易從話語各處讀取零散片段連接起來，得知育姊姊看見雙手遮胸的乖撫子時也有叫她（這是勇敢的行動），但她拔腿就逃。

乖撫子小姐，請不要雙手遮胸奔跑，只有這件事千萬別做。

胸部現在是什麼狀態？

忘記是什麼時候，羽川小姐在直江津高中叫我的時候，我就是這樣全力奔跑試著逃走，如果乖撫子是重現當時那一幕，往她逃走的方向追也沒什麼意義吧。

因為和前往七百一國中的媚撫子不同，乖撫子並不是秉持某種目標意識朝著某個目的地前進，單純只是逃離育姊姊。

只是往方便逃走的方向逃，沒有特別的想法或路線。

也找不到法則或方針。

如果乖撫子知道叫她的是育姊姊，她的反應或許會不同……不，肯定相同。

因為內向的她，基本原則是「有人叫就全力逃走」。

會逃離天使時代羽川小姐的傢伙，遇見任何人都會逃走。

可以的話，我希望育姊姊可以和徘徊的籠褲撫子保持一定距離，觀察想要去什麼地方，不過這也太奢求了。

逃走的乖撫子可能會回來，如此心想的育姊姊待在這座公園繼續讀書，光是她這麼做，我就應該表達感謝（依照育姊姊的認知，事情完全按照她的預測，看來她在讀書的同時也成功解讀後續進展）。

「原本今天打算蹺課一天，不過和妳聊過之後，我稍微獲得幹勁了。要不要從下午回去上課呢……」

我不記得幫育姊姊打過氣，不過如果我對於育姊姊來說也成為某種刺激，那真是太好了。我的笨拙話術也沒有白費。

最後，育姊姊將聯絡方式告訴我。

「遇到困難的時候，我隨時可以成為助力，所以撫子小妹，真的只有忍氣吞聲一定要避免。只要找我幫忙，到時候我會讓那些傢伙知道真正的痛苦。」

她講得超恐怖。

雖然沒能完全拭去遭到霸凌的疑惑，不過這部分就暫且了結吧。

而且，說到沒有白費，對我來說，我的話術並不是完全沒得到努力的報酬。除了建議，我也機靈取得了線索。

我和老倉小姐雖然八年不見，聊得卻很深入，不過，彼此都像是預先說好般迴避某個話題。

話題曾經像是幾乎擦邊般沿著「那周邊」打轉，如果沒因為育姊姊要去大學而結束，就這麼再聊一下的話，說不定會講到「那裡」……但我們就像是有默認的共識，沒提到某個共通熟人的名字。

明明提到火憐，也提到月火，卻沒提到阿良良木家的長子。

是的，就像是在避諱。

就像是在賣關子。

我們迴避那個人的名字。

迂迴再迂迴——不斷徘徊。

……依照神原小姐所說，目擊乖撫子亂晃的證詞來自「各處」。對於這份逍遙，第一種解釋方式是她果然沒有目的意識，也沒有目的地，就只是心不在焉（半裸）四處晃，第二種解釋方式是她想迴避自己「其實想去的目的地」，結果看起來像是在目的地以外的場所（半裸）徘徊。

所以，不應該逐一調查各個目擊證詞。如果將各個目擊地點畫線連結，求出該圖形的中心位置（這是數學手法）……

中心座標，會不會是阿良良木家？

015

老實說，我一直以為再也不會來這裡。

學校那邊，即使我不上學，至少學籍還在那裡，就算沒發生這次的事件，說不定會為了辦手續等需求，無論是不情不願還是怎樣，或許還是可能非去一趟不可。

不過，即使和我家的距離近到幾乎比鄰，即使是朋友居住的家，只要沒發生這種事，我大概一輩子都不會造訪阿良良木家吧。

即使是如同不小心在倒垃圾的日子把「細心」一起扔掉的月火，也會抽空來我的房間，不過自從我足不出戶，她就從來沒邀我去她的房間。

今天也是，連我正在追捕四個千石撫子的這時候，我應該也是下意識選擇不接近阿良良木家的路線。正因如此，乖撫子或許也畫著類似的動線，我這個推測想必有相當程度的根據。

進一步來說，躲在我這個追捕者難以接近的場所，從逃跑者的心理來看，應該沒有太大的突兀感。既然這樣，雖然不是將計就計，不過如果可以搶先過去埋伏，我認為捕獲乖撫子的機率很高。

這是我絞盡不存在的腦汁得出的結論。

不過，這只是為我突然想到的點子找理由解釋罷了……

就這樣，我跨上扇先生的腳踏車，沒有繞路，以最短路線抵達阿良良木家，不過在我像這樣逆風抵達的時候，內心也冒出「唔～～真的是這樣嗎」的想法。

不太聰明的我靈光乍現想出不錯的點子，我就這麼照做了。但如果按照我的推測，乖撫子想接近阿良良木家卻無法接近，只能像是迷路般徘徊的話，別說搶先一步，那孩子直到最後都不會來吧？

因為是乖撫子耶？

會怎麼樣呢？

假設我心中「再也不想接近阿良良木家」的心情和式神乖撫子共通（就像媚撫子不是待在二年級教室，而是待在三年五班，這是相同的道理），那麼，育姊姊所說「讓自己見光」的現在這個我，和另一個「內向又容易畏縮的我」，哪一個我心中「不想接近這裡」的想法比較強烈？

我即使感覺內心沉重，最後依然像這樣來到這裡，那麼即使有早到與晚到的差異，乖撫子應該也做得到。我覺得可以這樣認定吧……

不過，自己或許會採取完全出乎意料的行動。我內心無法拭去這份疑惑。

如果來到這裡毫無意義，那就太折磨我了。

我可不想撲空。

說到唯一能依賴的根據，就是我昔日正是在阿良良木家裡，成為「上半身赤裸加上燈籠褲」這種現在無法想像之奇妙樣貌。所以，雖然直接以此認定乖撫子肯定會來這裡有點牽強，但現在是不得不這麼牽強的狀況。

我走下難騎的腳踏車，仰望阿良良木家。雖說理所當然，不過自從上次造訪至今，外觀並沒有改變。

也不覺得懷念。

明明空窗期幾乎一樣長，不過和我去國中的時候比起來，還是覺得不一樣。雖然這個譬喻怪怪的，但就像是校外教學的時候造訪古城堡的心情。

確實感覺到歷史，卻和現在的自己切割出來，是如今堪稱毫不相關的場所。

不，這肯定是以別的字詞替換「懷念」這兩個字吧。

或者是替換「惆悵」這兩個字。

我大概是想從切身之痛的心酸保護自己吧。

總之對我來說，幸運的是現在並非沉浸在感慨的時候。將往事切割出去當成和自己無關的這種行為，就在事後再檢討對錯吧。

現在應該貫徹埋伏任務。埋伏等待過去的自己。

埋伏。

考慮到恐怕會被阿良良木家的人發現，我必須在附近找個地方藏身……現在是平日的白天，居民應該都外出上學或工作了，不過阿良良木一家人可能會以意外的形式採取意外的行動。

這時候就活用經驗吧。不堪回首的經驗。

總之，與其被那些人目擊籠褲撫子，他們看見今撫子還算好……嗯？

我一邊思考該怎麼做，一邊在阿良良木家門前躊躇的這時候，我察覺一件事。

察覺了一件事。

玄關。玄關的門。

那扇門的門把位置，出現即使遠眺也清楚看得見的異常。等等，我要冷靜。或許是我看錯。

「不可能有這種事」的常識搶先浮上心頭，得更接近確認才行。

我將腳踏車靠在外門，進入阿良良木家的範圍。和國中那時候不一樣，非法入侵在這個時間點就成立，但是如果我沒看錯，非法入侵已經正在進行。是的。我的埋伏或許為時已晚。

阿良良木家的玄關。玄關門把的位置，出現一個剛好能讓人類手腕伸進去的大洞。

開了一個洞。

「…………」

聽說闖空門的小偷，會以這種方式試著打開窗戶的月牙鎖……不過以這種手段撬開厚重的木製玄關門，我真的是第一次聽到。

而且，這個洞實在挖得不算漂亮。如同野獸使用利牙或利爪，那扇木門是被粗魯掏挖打穿的。

斧乃木透露過，她大約在一年前，曾經以「例外較多之規則」打爛阿良良木家的玄關……不過玄關居然一年被破壞兩次，這間屋子究竟是怎麼回事？

我和月火有交情，所以以前就知道這件事，不過說來驚人，住在這個家的夫妻是警察耶？

只不過，即使知道這一點，即使熟知這一點，我還是必須進一步犯下非法入侵的行徑。

因為像這樣走近看就發現，用來在玄關門挖大洞的工具不是利爪或利牙，看起來是雕刻刀。

雕刻刀。

是的，雕刻刀。

自以為搶先一步，但是沒趕上。

看來我還沒想到的時候，乖撫子早就下定決心造訪阿良良木家。所以我這個苦惱的今撫子優柔寡斷得多嗎？

這算是角色性質嗎？

當然，也可能是完全無關的小偷幹的好事，不過以雕刻刀在玄關大門挖洞開鎖，不像是聰明人採取的行動（與其花這種心力破壞，直接打破玻璃應該快一百倍吧），我認為應該認定是缺乏思考能力與自我意識的式神所做出符合式神作風的行動。

這麼一來就刻不容緩。

外型是我這個主人的式神，終於開始下手犯罪了。嚴格來說，半裸閒晃的時間點就已經犯法，但是非法入侵與物品毀損，應該稍微超過能夠袒護的界線吧。

如果順勢傷害他人就更不用說了……

不會只有媚撫子事件那麼簡單。

乖撫子一點都不乖吧？我早就知道就是了。

我一邊祈禱阿良良木家沒人，一邊也小心翼翼避免發出聲音，打開如今毫無用處，僅僅以鉸鏈固定在門框的玄關門，脫鞋入內。

可惡的乖撫子。

居然將人拖上犯罪之路。

不過仔細想想。我的抱怨或許不合理。因為回想起來，國中生千石撫子並不是第一次非法入侵阿良良木家。

去年十月，不，當時已經是十一月，我和現在一樣，悄悄溜進沒人在的阿良良木家。雖然終究沒以雕刻刀破壞玄關門，不過這麼想就覺得乖撫子的行動堪稱按照既定模式。

親債子還。

不過以我來說，比較像是子女不懂父母心的感覺。不，站在實際身為子女的立場，應該也能說相同的事。

既然多少能理解這種心情，等到這場風波結束之後，我試著好好和爸媽談談吧……我回想著育姊姊對我說的話，一如往常逃避現實般思考，走上階梯。躡手躡腳。

雖然是熟門熟路的別人家，但因為很久沒來，所以各處都真的有著別人家的味道。不過，目前完全感覺不到有人在家。

脫鞋處連一雙鞋子都沒有，所以這方面我不感意外，阿良良木家的人好像都出門了……可以認定這是一種幸運吧。

即使是我，幸運女神偶爾還是會造訪。

雖然也沒有乖撫子的鞋子，只不過，目擊情報說她是半裸行動，不確定她是否本來就有穿鞋。還有，雖然我脫掉涼鞋，但是在非法入侵的時候，入侵者不一定會守規矩脫鞋。

當然，即使像這樣潛入，乖撫子也可能早就離開。不過要看式神撫了原本想在阿良良木家做什麼。

我上樓到二樓，沿著走廊往裡面走。熟門熟路的別人家。我從月火和火憐共用的房間（但我不知道現在怎麼樣，升上高中的火憐可能有一間自己的房間）前面經過，在盡頭門前停下腳步。

以前造訪好幾次的房間。

以各種形式造訪的房間。

……雖然現在不該造訪這個房間，不過我曾經在這個房間成為上半身裸體加燈籠褲的模樣，如果乖撫子還留在這間屋子，那我就應該先找這裡。

進去之前……還是得敲門吧？

反倒應該以暗算的方式衝進去，在乖撫子抵抗之前封印吧？要是這時候沒逮到她，我就沒有下一個方法了。

我從口袋取出抓式神用的紙片，輕輕深呼吸。這次沒有扇先生的協助，只能完全獨力應戰。我要進去了。

預備……衝！

016

遭到暗算的是我。

不，我勉強躲開了。

大概是建築上的考量，幸好這個房間的門是往外開。比起往內開的門，開門衝進去的時間無論如何都會慢半拍。

這半拍讓我撿回一條命。

衝進房間的過程中，我拖拉了一下，此時雕刻刀的刀刃一亮。是三角刀。

「嗚呀！」

我發出以身處狀況來看有點脫線的哀號，當場倒地。如果只看咕嚕撲通的擬聲詞，可以說我摔得很慘，但我想主張這是反射神經的成果。

我像是在做地板運動，在房間地上滾動之後起身，視線投向對方一看，說來意外，手握雕刻刀站在門邊的撫子雖然是撫子，卻不是乖撫子。

瀏海超短。

是的，她是逆撫子。

「嘖——妳這傢伙明明遲鈍，竟敢躲開老娘的致命攻擊？啊啊？」

她使用不該有的眼神與語氣，露出眉毛倒豎嘴脣扭曲的表情，像是不耐煩般「咚！」猛踩地板，和我對峙。

不只是不良學生的程度。

是無賴。

如前面所述，考慮到要和另外三具撫子有所差異，不只是髮型，服裝也各自畫成不同的款式，我為逆撫子準備的是浴衣。

是月火常穿的那件，正是我被她一刀剪掉瀏海的那時候，向她借來當睡衣穿的和服（想起當時的氣氛，我姑且也讓她繫上髮圈）。順帶一提，腳上穿的是木屐。

當時只是要配合和服，但若預測到逆撫子會像這樣不脫鞋就非法入侵民宅，還毫不留情猛踩地板，為了排除這種後續災難，我應該會把她畫成赤腳吧。

或者乾脆畫踢踏舞鞋。

話說回來，逆撫子張開雙腿蹲低、朝我架起三角刀的粗俗姿勢，搭配她服裝的日式氣息，就像是黑道分子在下馬威。

雖然是這種狀況，但有點好笑。

不，她以雕刻刀朝著我，所以我完全笑不出來，但疑問終於追上混亂。

咦，逆撫子為什麼在這裡？

個性最剽悍的千石撫子為什麼在這裡？

總之，最終還是得抓到所有千石撫子，所以即使我遭遇的，在這裡見到的不是乖撫子而是逆撫子，以結果來說還是好的……

更何況，相較於這個房間的主人正常在家的狀況，現在的歪打正著可以說是我求之不得。

只不過，逆撫子明顯在埋伏我。

自以為在埋伏的我卻被埋伏。

既然是全力追蹤，不只如此還想要捕獲，我當然料到式神好歹會抵抗（如扇先生所說，媚撫子圍起的「人牆」也是自我防衛的一種形態吧），不過，我完全沒預料到會被帶著殺意反擊。

這是假的吧？

陰陽師與式神不是主僕關係嗎？

不，我不是陰陽師，而且如斧乃木所說，也有人被式神反過來取代。難道逆撫子要以這種暴力又現實的形式取代我？

冒出想要取代我的意思？

雖然自己這麼說也不太對，但我不值得特地取代啊？沒有好處只有壞處耶？

「咕嚕嚕嚕嚕嚕……」

逆撫子低聲怒吼。

我做過這種角色設定嗎？

她離開作者的手了。

該不會是放到野外之後野生化了吧？

「不要，不要，不要……老娘絕對不工作……居然要幫忙幹活，休想叫老娘做這種事，啊啊！」

「…………」

原來是基於更單純的理由。

不是取代什麼的，是拒絕勞動。

說得也是，因為插入好幾個事件，所以我差點忘記，我原本是為了將成為漫畫家的努力分擔出去，才製作四具式神。

同時，這也是她們逃離房間的理由，但想到被抓住就要處以強制勞動之刑，有哪個撫子採取強硬手段也沒什麼好奇怪。

先下手為強的理論。

其中的逆撫子尤其凶暴。

她曾經以迴旋踢踢壞教室的門。那麼，當我看見玄關以那種形式遭到破壞，我應該直覺認定裡面的人是逆撫子。

我真遲鈍。

「沒……沒事的，逆撫子。我……我不會強迫妳勞動……也不會叫妳努力一萬小時……」

我試著說服，同時打算先站起來……

「少囉唆，休想騙人！老娘要殺掉妳然後休息，啊啊！」

三角刀不知何時換成斜口刀，刀尖瞄準我的心臟往下揮。

她也太討厭工作了。

還是說，我原本是這種傢伙？

按照當時的角色個性就變成這樣？

無論如何，我起立失敗，像是鼠婦在地上滾動。這房間本來就不大，我滾到後來，撞上旋轉椅的椅腳滾輪。

滿痛的。不過比不上被雕刻刀插。

仔細一看，揮下的斜口刀連根插進房間地板。力氣強到不像是國中女生的嬌細手臂。

這恐怕正是這個逆撫子的特性吧。

如果媚撫子身為式神怪異的特性，是以交際手腕控制人心（重新想想就覺得這是非常強的能力，只能慶幸第一個解決的是她），那麼逆撫子身為式神怪異的特性，推測是完全解除限制的卓越身體能力。

否則即使使用雕刻刀，一般來說也不可能在玄關門鑽出大洞。我姑且在腦海一角耍小聰明如此分析，同時移動到和逆撫子隔著一張椅子的位置。

我無法圍起人牆來擋，卻可以拿椅子來擋。

我利用旋轉椅的椅背藏起身體（就像是射擊遊戲裝填子彈的感覺），提心吊膽和逆撫子對峙。

斜口刀好像插在地板拔不出來，所以她扔著不管，從懷裡拿出新的雕刻刀。是圓口刀。

我當然不想被任何刀捅，不過在雕刻刀之中，我最不想被圓口刀捅⋯⋯雖說當時我陷入絕境，這種刀又是我這種國中生最熟悉的利器，但我事到如今才強烈反省自己曾經用那種東西將許多蛇分屍。

事到如今反省，也是第一次反省。

我能夠確實反省當時的加害了。

雖然還是搞不懂自己為什麼那麼做，卻能後悔做出那個行為。既然這樣，我和逆撫子的這場對立，感覺也有著深遠的意義。

嗯？

不過，咦，很奇怪吧？

揮動雕刻刀殘殺小動物的撫子，應該是乖撫子才對。逆撫子會拿的頂多是小鏟子吧？不，說來當然，即使她拿的是小鏟子，我也不會心甘情願被捅……

難道說，繼交換制服之後，乖撫子手上的武器也被搶走？

如果另外三個撫子把能搶的東西搶光，一無所有之後幾乎赤裸在街上徘徊，那麼乖撫子終究太可憐了。

這也難怪，我也會懷疑這是霸凌行為。

而且是被複數的自己霸凌。

得盡快保護她才行。

應該說，得先突破這個僵局才行。

沒突破就會被捅破！

「冷靜下來，總之談談吧。先把那個危險的東西放在地上吧？雕……雕刻刀不是這樣使用的工具耶？」

「啊啊？」

我一邊隔著椅子保護自己，一邊試著以安撫的語氣搭話，但是逆撫子的怒氣有增無減。

「不然妳說這是怎樣使用的工具？啊啊！圓口刀除了用來把妳開膛破肚，還能用來做什麼？」

好恐怖。

她說要開膛破肚。

敞開的浴衣太像是那麼回事，要不是看起來有點滑稽，這股魄力可能令我怕到動彈不得。

不，她說的也很滑稽。

至今我沒這麼想過，不過當時在二年級教室撂狠話的逆撫子，在班上同學眼中也是這種感覺吧。

也是這副德行吧。

恐怖是恐怖，卻有點戲謔，相當誇大不實……明明當事人很嚴肅，但愈是嚴肅，看起來甚至就愈像胡鬧。

「雕……雕刻刀是用來製作東西的工具喔。是創作用的……」

「創作？那麼，妳這傢伙果然想讓老娘幹活嗎？啊啊？」

請聽人說話好嗎？我深刻感受到溝通的難度。

如果對方是自己就可以組成團隊吧？斧乃木這個方案的精髓，如今聽起來好空虛。面對堪稱我自己的式神都這樣了，看來如果維持現狀，我應該沒辦法出社會吧。

要說服如此激動的逆撫子，我甚至覺得口才一流的貝木先生都做不到……不過，即使想使用紙片捕獲，對方卻持有利刃。試圖以利刃對抗紙張。

說穿了，對方是剪刀，這邊是布。

根本就肯定會輸吧？

當然，我們並不是在猜拳……經過家裡蹲生活，今撫子原本就差的臂力變得更差，逆撫子則是解除肌肉限制的力量型角色，我實在無從抗衡。

而且我兩手空空。

敵我戰力懸殊。

可是，如果我在這裡被捅會怎麼樣？

我想，因為是國中生所以推測最早回家的月火，將會發現我開膛破肚的屍體吧。即使是月火終究也會嚇一跳吧。

不，或者說，既然屍體棄置在這個房間，房間主人當然會成為第一發現者。這麼一來……

這麼一來，無論怎麼說都很遺憾。

基於禁忌的意義來說也是如此。

「嘿呀！」

至今用來防禦的旋轉椅椅背，我以雙手用力推向逆撫子。

椅腳是滾輪，所以即使我沒什麼臂力，只要使用雙手，旋轉椅還是以相當快的速度直衝。

「啊啊？」

完全不聽我說話的逆撫子，終究也不得不對此起反應。雖然這麼說，但是朝她接近的終究是椅子，是有彈性的東西，所以無法藉此造成打擊。

她只是揮動沒拿雕刻刀的左手，將椅子彈到旁邊。就好，因為我使用椅子始終是當成障眼法。

既然只能以左手防禦，應該會把椅子彈往左側。我也猜測到這一點，所以在推出椅子的同時，往逆撫子主觀角度的右側繞過去接近她。

沒問題的。

我使用過，所以可以確信。

雕刻刀確實是利刃，加上我常用，知道被割到的時候多痛，所以看起來危險到不必要的程度，但是因為刀刃太短，若要當成凶器，只能說用錯地方了。

假設！

假設刀尖真的捅到我，短短幾公分的刀刃也不可能貫穿我的皮下脂肪。不可能開膛破肚。雖然我幾乎沒有皮下脂肪，不過希望是這個結果！

「既然想休息……就讓妳休息吧！」

我像是鼓舞自己般大喊，試著以素描簿切下的空白頁夾住她的身體。

然而說來遺憾，我細如樹枝的雙腿，沒能以我想像的速度行動。如果是擁有羚羊腿的飛毛腿神原小姐，這時候應該就分出勝負了，但我慢吞吞的動作對於逆撫子來說，即使一邊打呵欠一邊應付也綽綽有餘。

我接近到伸手可及的距離時，躲過旋轉椅的逆撫子已經面向我了。

高姿態看著我。

「少囉唆。是妳要休息。妳其實也是不情不願在努力吧？」

如果難受就收手吧，啊啊？

聽到她這麼說，我原本就緩慢的動作，像是被戳中要害般完全靜止，此時逆撫子揮動的圓口刀犀利無情地發威，像是要讓我的五臟六腑見光。

017

就這樣，我抓到第二具式神了。

嗯？

不，沒有跳過章節喔。

也不是唐突進入回想橋段，是照順序來的。

是沿著時間軸，接續上一章的正統續篇。

原因是這樣的，我立志成為漫畫家可不是嘴裡說說。雖然我不是聰明孩子，卻也看過不少格鬥漫畫。

所以我想出兩階段的作戰。

如果以旋轉椅當障眼法，從死角繞過去拿紙張夾她是第一階段，來不及成功時的B計畫就是第二階段。

雖然這麼說，但我沒做太複雜的事。

聽到逆撫子赤裸裸公布「開膛破肚」這個攻擊方針，我試著將計就計。

反過來以此對付逆撫子。

不過，這個作戰不是邏輯思考的產物，幾乎是順其自然的構想。早知如此，運動服底下應該穿一件鎖鏈甲……我以這種膚淺到連後悔都稱不上的妄想逃避現實，但因為做不到這種事，所以往現實方向切換想法，覺得如果將身旁的雜誌藏在肚子裡，應該可以代替鎧甲吧。

不過，即使運動服再怎麼寬鬆邋遢（又老土），也無法以雜誌墊到擋得住雕刻刀吧。

要是在腹部採取防禦措施，再怎麼性急的逆撫子，也會改瞄準喉頭之類的部位吧。不管是肚子與喉頭，與其說是部位應該說要害，總之即使角色性質不同，但彼此無疑都是我，當我朝書櫃伸手的時候，對方恐怕就猜出我的意圖。

以雕刻刀刺喉頭，光想像就毛骨悚然。

無論如何都要避免。

所以，我刻意不迴避她攻擊我腹部。

然後，既然下定決心，我一邊以旋轉椅保護自己，一邊躲在椅背，以不被發現的細微動作，悄悄在衣服底下塞東西。

我能塞的，頂多就是幾張「紙片」。

是的，換句話說，她主動來被我夾進純白的紙張裡。我從口袋取出所有空白紙片，除了拿在手上的那張，剩下的全都移到上衣底下，以運動褲鬆緊帶夾著。

像是鎧甲。

但不是鎖鏈甲，是紙片甲。

逆撫子拿著雕刻刀往我的腹部捅過來時，就這麼讓她順勢自己撲進紙片吧。

不是飛蛾撲火，是飛逆撫子撲紙。

摺起紙片，就這麼封印。

降伏完畢，喔耶！

我當然沒能開朗到說出這句話。結束之後回顧，反倒覺得自己挑戰的是危險至極、成功率超低的賭博，就只是臉色蒼白。

我在做什麼啊？

看著割破的運動服，我差點昏迷。

我為什麼會實行這種突發奇想的作戰……大概是順著當時的情緒，真的是被逆撫子影響得一時氣壞。那種像是格鬥漫畫的實驗性點子，既然幸運成功的話就還好，但是不只是運動服，連底下的紙張也可能一起被割破。

專家斧乃木絕對不會採取這種漏洞百出的策略。扇先生肯定會滿面喜色評論說「真是愚蠢」吧。

我沉溺在賭博之中了。

與其說是抱持僥倖心態，不如說我想像自己被發現陳屍在這裡，陳屍在這個房間，因而失控。我差點招致這種必須迴避的危險演變。

這種危險的點子，只畫在漫畫裡就夠了，怎麼可以在現實中實行？若有人說我漫畫看太多（畫太多？）導致無法辨別現實與妄想，我完全無法反駁。

不。

即使如此，光看結果依然算是順利成功，所以我高興一下應該也能被原諒，但是逆撫子說的最後那段話，比雕刻刀更鋒利地深深插入樂不可支的我內心。

「是妳要休息。」

「妳其實也是不情不願在努力吧？」

……那是逆撫子的話語，也是我的心聲吧。媚撫子那時候或許也是這樣。

既然式神是主人的代理或替身，她們的話語，應該也是代替畫出她們的我說出想法吧。

我的真心話，由身為替身的式神們代為表達。

當然，這肯定不是一切。

為了實現夢想付出努力，由此感到的快樂心情絕對存在。像是實際感受到畫技進步，或是靈光乍現想到新點子時的心情肯定不假。

可是，如果有其他更快樂的事，而且我也做得到，那我還能繼續努力嗎？

不只是最後那段話。

我不要努力，不要工作，不要做我不要的事……逆撫子全力主張的那些話，應該不是「當時的我」所說的，更不是「朽繩先生」所說的。只要這麼想，我就憂鬱至極。

好沮喪。

面對自己，是一件很難受的事。

就像是明明沒有這種覺悟，卻仔細審視分析自己討厭的一面……受不了，是誰說這樣的我「可愛」？

無論現在或以前，我的內在都是一灘爛泥。

噁心到令人佩服。

剛才乾脆任憑逆撫子對我開膛破肚比較好吧？

雖然這麼說，但今撫子可不能一直消沉下去。今撫子是尋夢的現實主義者。不能忘記我現在還是非法入侵的現行犯。

既然事情已經辦完，就得逃走才行。

必須抽身自保。

在這之前，得善後一下。

「兩人」打鬥而散亂的房間，整理起來不是很辛苦，不過插在地板的斜口刀該如何是好？

雖然不能扔著不管，但雕刻刀深深插入地板，以逆撫子的臂力都很難抽出。

要是貿然想抽，感覺可能會折斷刀刃……此時我再度沒受到教訓，想到像是漫畫的點子。

因為無論是重要的事情或危險的事情，我都是從漫畫學來的。有些是從任性豪邁的朋友與胡作非為的騙徒那裡學來的。

已經從上衣底下取出來放回口袋的紙片，我再度拿出一張，輕輕蓋在屹立的雕刻刀上。

正如我的猜想。

雕刻刀被封印到紙張裡了。

……這是式神使用的雕刻刀，所以我想或許能用相同方式封印，不過這樣幾乎是變魔術。

依照使用方式，這將是非常方便的特殊技能，不過要是把這個當成便利的工具，前方等待我的將會是毀滅。我內心不斷冒出這個預感。

得遵守分際才行。

實際上，我就是以為可以不到一年完成一萬小時的法則，接受這份甜蜜的誘惑，才招致如此不得了的後果。

珍藏當成宴會的才藝表演應該剛剛好。

總之，成功回收雕刻刀了。

地板的傷痕還留著，但是不提深度，畢竟是雕刻刀造成的傷，小到只要沒注意就不會察覺。真要說的話，逆撫子木屐踩地的痕跡還比較容易被發現吧。這就沒辦法用宴會才藝解決了。

無論如何，既然玄關門像那樣明顯遭到破壞，就不可能完全湮滅證據。只能改天請任性豪邁的朋友——月火幫忙知會了。

「好啊，那麼，就當成是我幹的吧。」

度量大到危險的月火，可能不聽說明就像這樣滿口答應幫忙，這部分也得小心一點，避免欠她一份人情。

不過，這始終是之後的事。

是應該在日後述說的內容。

今天，追蹤遊戲依然只進行到一半。

是當日。

經過一番迂迴曲折，總算逮到媚撫子與逆撫子，還剩下兩具式神。

乖撫子與神撫子。

走到這裡的路途絕對不輕鬆，而且兩者真的都只是運氣好，即使如此，在任務達成一半的現在，會覺得另外一半也是船到橋頭自然直。

這麼說來，我聽過「杯子裡有半杯水的時候，會覺得還有一半？還是覺得只剩一半？」這種問題，不過兩者應該都不是正確答案吧。

口渴的時候，認為「還有一半」會比較樂觀，想趕快讓杯子見底的時候，認為「只剩一半」會比較樂觀吧。所以，在現在這個場合，我想抱持「只剩一半」的想法。

不，若要抱持更樂觀的想法，等同於外行人的我，勉強像這樣成功抓到兩具式神，所以專家斧乃木不可能還沒獲得成果吧。

剩餘兩具的其中之一——神撫子給人特別難對付的感覺（媚撫子與逆撫子還算是以人類為底，但神撫子正如字面所述是以神明為底），或許不會那麼順心如意……所以我也非得繼續行動吧。

只能一邊注意動向，一邊行動。

因為即使我沒有思考能力，也有行動能力。

房間整理完畢之後，我來到走廊。

接下來要去哪裡，我沒有特別的頭緒，但是不知何時會有附近居民察覺玄關的異狀之後報警，所以得先離開阿良良木家。

說到玄關的異狀，雖然剛才順勢和逆撫子對決，但我原本是要來這個阿良良木家埋伏乖撫子。

所以從戰略來說，我並不是不能選擇就這麼躲到月火房間，堅持繼續等她前來……可是，不必期待乖撫子接下來會傻傻進入這個家，膽小的她光是看到玄關的異狀就會掉頭走人吧。

到頭來，這也只是我的推測，不過比起待在這裡，我認為去其他地方找才是上策。就像這樣，我把沒什麼智慧的大腦當成抹布用力絞出腦汁，準備經過月火房間前面。但我走到一半就忽然停下腳步。

然後我低頭看自己的運動服。

「唔～……」

衣服被逆撫子的雕刻刀割破，大膽露出側腹。想到正在上半身赤裸徘徊的籠褲撫子，這點裸露勉強不是無法忍受，不過以這副模樣出外行動，就某方面來說還是很顯眼吧。

不只是老土的問題，穿居家服出外走動的女國中生引人注目。追蹤的這一邊太顯眼應該不是好事。

好。

那就借吧。

一不做二不休。

月火喜歡穿搭各種衣物，所以即使少一兩件衣服，也不會立刻察覺吧。

反正已經非法入侵（這是式神幹的好事，但她甚至犯下毀損罪），乾脆也擅自借用他人的東西。這就是一個人逐步犯下各種罪的範例。

墮落的時候真快。

只不過，既然要做就要快。比墜落的速度更快。現在已經進入撤退階段，所以不能拖拖拉拉。我打開月火房間的門。

這是我熟悉的別人家，更正，是我熟悉的朋友房間。裡頭不是我以前知道的模樣，看來現在果然是她獨自使用。

如果乖撫子躲在這個房間就太神奇了，但事情終究沒這麼順心如意。衣帽間也沒有她的身影。如果是電影，這個時間點應該會有喪屍跑出來。現在的乖撫子如果正如傳聞是半裸，那麼她和我一樣在這裡找衣服不是很好嗎？

總之我不抱太大的期待。

光是多到數不清的時尚服裝任我挑選，就是十分合格的加分關了。

我的體型和月火差不多。

只不過，雖說任我挑選，但終究不能借和服穿。會更加顯眼。

月火之前來我房間玩的時候穿的衣服，我就整套借走吧。

我一直覺得很好看。

無視於她的擔心。

回想起來，這半年多的時間，我割捨這種時尚打扮，全神貫注努力至今，不過像這樣欣賞這個無法想像究竟花多少心力整理的月火衣櫃，就覺得果然不能將「不做某件事」列入努力之中。

我不會說這是怠慢，不過所謂的努力應該總是主動出擊。

就算這麼說，我也質疑竊盜行為算不算主動出擊……不久，我換好衣服了。

不只是換裝，改變到這種程度，已經是盛裝打扮了。

脫下來的運動服，我摺好收進衣櫃深處。說不定一下子就會被發現，不過月火肯定會當成自己的舊衣服，把破洞縫補起來吧。

噹噹！

短褲裙、黑色過膝襪，配上滿滿荷葉邊的碎花上衣。我還借了一頂很適合短髮的可愛鴨舌帽。

我不小心忘記要搭配涼鞋，不過終究不能連鞋子都借穿。因為要是鞋子在追蹤的時候磨腳就麻煩了。

我以衣櫃門後設置的鏡子確認成果，即使完美複製，也終究無法像月火穿得那麼好看，但是達成喬裝的目的了。只要帽子壓低，遠看應該認不出是我吧。

將帽子壓低是吧……

我想起乖撫子時代。

說來諷刺，沒想到為了找這個乖撫子，我得再度像這樣隱藏長相行動。

我受困在這種強烈的自嘲，另一方面意外地堅強沒迷失目標，好好關上衣櫃之後離開月火房間。

不過，當我下樓（一樣躡手躡腳以防萬一）來到阿良良木家一樓，心想這次一定要離開的時候，鈴聲響了。

我整個身體抖了一下。

一時之間，我以為是警鈴作響，但這裡不是國中走廊，應該沒有那種消防設備。

那麼，是保全系統嗎？

以伯父伯母的職業，採取這種防盜措施也完全不突兀……不，可是，直到剛才都沒響的鈴聲，為什麼現在突然響了？

該不會是設置在月火的衣櫃吧……如果是這樣，那麼我過度依賴友情的一時興起，將接受應得的報應。

不能做壞事。

老實說，想到月火平常對我作威作福的程度，即使借一百套衣服也還無法抵銷吧……我內心的這段陳情應該不可能受理，不過仔細聽就發現，這個鈴聲不是保全系統的鈴聲。

是普通的來電鈴聲。

和手機來電鈴聲完全不同的聲音。抬頭一看，通往客廳的走廊設置一具市內電話，燈號正在發光。

原來如此，仔細聽清楚就知道這不是來電鈴聲以外的聲音，不過做虧心事的時候，任何動靜都令人膽顫心驚。

實際上，這種鈴聲只要扔著不管，不久肯定會進入語音信箱，但是失去自我的我一時衝動，覺得非得盡快停止這個聲音，連忙拿起話筒。

這正是反射神經的成果。我的反射神經真的一點都沒用。

「喂！我是千石！」

我脫口說出「我是千石」。

做出許多壞事的罪犯，居然自己報上姓名。

臉皮厚到不行。我連講電話都有溝通困難的問題嗎？

這麼一來，我只能祈禱這是別人打錯電話，但這不是一通打錯的電話。

是一通我希望有哪裡搞錯的電話。

「咦……？千石？」

是我熟悉的聲音。

是我忘不了的聲音。

是戰場原黑儀小姐。

018

話筒從我鬆開的手中滑落，但我同時用力扯下電話線，然後連滾帶爬逃出阿良良木家。

剛才超恐怖的！

我差點休克死掉！

即使喪屍從衣櫃爬出來，我也不會嚇成這樣吧。這段體驗就是這麼恐怖。甚至可以說是瀕死體驗。

我現在確實活著嗎？

這裡不是死後的世界吧？

剛才那段千石撫子大冒險是怎麼回事？

我原本究竟在哪裡做什麼？記憶全部消失了。

潑向我的這盆冷水，甚至令我以為至今的事情都是一場夢。

那通恐怖電話，甚至令我覺得剛才響起的是保全公司警報聲比較好。我確實擔憂在搜索過程會接觸到她，但戰場原小姐為什麼大白天打市內電話到阿良良木家？

不，從她的角度來看，應該會質疑那個可惡的千石撫子為什麼會在大白天的阿良良木家。到頭來，如此被討厭的我把她當成怪物看待，她也是千百個不願意吧。

因為，去年那一連串的事件，始終是我單方面找戰場原小姐的麻煩。是我主動和她結下梁子。神撫子時代，我甚至預告要殺害那個人。罪狀嚴重到非法入侵或擅自借用都相形失色。

這可不是只要道歉就能了事。

我甚至沒道歉就是了。

所以，我不該像是這樣逃走。話是這麼說，但恐怖的東西就是恐怖。沒有道理可循，甚至也沒有法律可循。

好恐怖。

或許是罪惡感使得內心感受到的恐怖加倍，但即使除去這一點，我也自然覺得可怕。啊～～嚇死我了。

我再也不接電話了。

總而言之，我成功抓到逆撫子之後堪稱稍微放鬆的內心，就這麼強制變得精實，真要說的話算是一種僥倖。

盛裝打扮的時尚心情蕩然無存，不過這也當成好事吧。

為了忘記那段恐怖體驗，接下來全力尋找撫子吧。反正不用自己承認，我入侵阿良良木家的行徑也顯而易見，就和月火一起討論善後方法吧。

靠妳了，月火。

我衝出阿良良木家，一直不顧一切跑到這裡（腿都軟了），不過果然是因為缺乏體力吧，環視才發現別說死後的世界，我根本沒跑太遠。

是熟悉的地區。

是我居住的城鎮。

唔～……該怎麼說，我曾經常常走這條路來回……記得沿著這條路一直走，就會通往北白蛇神社座落的山。

北白蛇神社嗎……

我原本想尋找以火辣模樣徘徊的籠褲撫子，雖然和現在這個目的不同，但若這時候改為鎖定神撫子，北白蛇神社就是重點場所。

可以說是必找的地點。

如同媚撫子在國中，神撫子或許在神社。即使不算是歸巢本能，不過式神的行動原則，基本上肯定大多依照角色性質而定。

雖然也有不少例外，像是乖撫子沒在阿良良木家現身，逆撫子卻埋伏在屋內……就算這麼說，我也沒有理由不搜索北白蛇神社。

「假設」很重要。

北白蛇神社這種場所已經過於重要，我想斧乃木搞不好已經調查完畢……但我還是去看看吧。

真是這樣的話也好，即使神撫子不在山頂，至少也可以求個神。

我下山之後，北白蛇神社再度空了一段時間，但我聽說後來有新的神降臨。

身為前任神明，低調去打聲招呼也不錯吧。

我也覺得現在不是打招呼的場合，只是，雖然和阿良良木家的理由不同，但如果沒這種機會，我不太會造訪那個場所。

就這樣，我決定下一個搜索地點了。

指令確定。

乖撫子暫時委由扇先生搜索，我決定進攻山路緝捕神撫子。

話說，雖然我曾經上下這座山超過一百次，但是現在衰弱到極限的我，體力是否足以爬到山頂？

019

逆撫子拿雕刻刀指著我的時候，我得知自己昔日在這座山上犯下的罪孽多麼深重。

我相信這麼做可以解除自己受到的詛咒，所以殺害許多蛇。不只是殺害，還用雕刻刀切塊，散落在神社境內各處。

結果詛咒別說解除，甚至還強化，增幅再增幅，我全身被無形的蛇纏繞，留下慘痛的經驗。

回想起來，我就是從那時候開始和怪異出現交集，也建立起我和阿良良木家的關係。

是重新開始。

不，形容為「我和阿良良木家的關係」，也是抱持奸詐或膽小的心態想迴避重點……不過，我和月火再度進行難以言喻的來往，確實是以這件事為契機。

只是，正因為做過這種無法原諒的暴行，我現在才會想朝著夢想努力，我實在搞不懂人生。

人生簡直莫名其妙。

要不是貝木將「咒術」散播在這座城鎮的女國中生之間引發流行，現在的我應該依然是乖撫子，正常用功準備考高中吧。

媚撫子或許會說這樣比較好，但是以今撫子的立場，即使這樣不好，我也想這麼活下去。

不必由她代為說出口。

我的意見，我會自己說。

為了避免被神撫子的話語影響內心，我就像這樣下定決心，好不容易爬到山頂。鑽過鳥居，進入神社境內，我看見的是……

「斧……斧乃木小妹？」

是的，是斧乃木。

不過，她的模樣不是我熟悉的斧乃木。不只如此，本應是人形怪異的她，甚至完全沒有維持人類的形式。

簡單來說，是屍塊的形式。

雙手、雙腿、手腕、腳踝、軀體、頭。斧乃木的身體連同繽紛的洋裝剁成許多塊，而且隨便地，真的很隨便地胡亂扔在神社境內各處，簡直是造孽。

「咿呀啊啊啊啊啊啊啊啊！斧……斧乃木小妹！」

在推理連續劇，我看到屍體第一目擊者尖叫的場面時，會心想：「又來了，實際上不可能會發出這麼好懂的尖叫聲吧？實際上頂多語塞說不出話吧？」對千篇一律的劇情抱持頗為冷淡的感想，但我要全面謝罪。

我認錯，我承認尖叫。

會放聲尖叫。

會這麼叫。

如果發現朋友的屍體更不用說。

「不要，不要，不要！斧乃木小妹！求求妳，回話啊！」

「好啦好啦，很吵耶。」

沒想到她回話了。

我的願望居然成功傳達給老天爺。

我真的對此啞口無言，身體往後倒，一屁股跌坐在地。結果視線的高度變得相近，我和地上斧乃木活生生的人頭四目相對。

可以說這是活生生的人頭嗎？

明明怎麼看都死掉了啊？

不，可是，剛才，她說話……

「我是人偶怪異，所以不會只因為肢解就死掉喔。還有，我至今沒對妳說一個祕密，其實我也是屍體怪異，所以一開始就是死掉的。」

「…………」

她講超多話。

只以人頭說話。

而且原來她也是屍體怪異。

那麼，我至今都是以屍體當模特兒素描，提升自己的畫技？我是杉田玄白

（註1）？

不過，確實沒錯，仔細一看就發現，雖然屍塊散落各處，參拜道路卻完全沒有血跡。大概因為早就是屍體，所以再怎麼切割都不會流血吧。

這麼說來，她曾經拆下雙臂，為我擺出米洛維納斯的姿勢……那麼如果她願意，應該也能模仿薩莫色雷斯的勝利女神吧。

「真是的，曾經在這裡將蛇切塊的妳，怎麼能被這種程度的視覺影像嚇到？話說回來，千石撫子，我也要拜託妳一件事。」

「什……什……什麼事？」

「我從這個角度看不清楚，不過我的身體各部分恐怕散落在這附近，可以幫我全部撿回來嗎？只要各部位對準切面連接起來，我就能讓傷口癒合。」

斧乃木以四分五裂的狀態，面無表情平淡消遣我，同時提出驚人的要求。

要我收集屍塊？

「妳想把這幅風景畫成圖的藝術靈魂，麻煩暫且放在旁邊。」

「不，我絕對不會畫這種像是血腥圖的漫畫啊？」

我違抗製作人的意向，同時依照吩咐，撿拾斧乃木被切斷的手腳。我上山時抱

註1　杉田玄白（1733-1817）是日本江戶時代的蘭學醫生，曾辦過醫學私塾「天真樓」，著有《蘭學事始》等書。

持著人生不知道會如何進展的想法，卻沒想到會幫朋友修復屍體。
不過，總比朋友死掉來得好。
雖然她一開始就是死的。
「太……太碎的肉片終究沒辦法撿齊……」
「撿個大概就好。這是當前的緊急處置。最壞的狀況，欠缺的部分拿周圍的泥土就能補。」
好像喪屍。
不，本來就是。
如果從衣帽間撲出來的是斧乃木，那麼喪屍也挺可愛的……但如果身體四分五裂還是很恐怖。
「真的堅持的話，也可以把妳的肉分給我。」
「太恐怖了吧？」
「交出汝之肉……沒有啦，這是傷物語笑話。」
「…………」
不好笑。徹頭徹尾不好笑。
我現在撿拾的是手腳，而且斧乃木雖然是怪異，卻沒有尾巴。
「不過在這種時候，屍體類的怪異很不方便。同樣是不死之身，以吸血鬼的狀況，四散的肉片會消滅，從切面再生，不費任何工夫。」

她說出毛骨悚然的法則。

不死之身怪異的機制差別一點都不重要。

我假裝沒聽到，撿拾散落的部位。很費工夫。總覺得像是模型娃娃，不過實際觸摸肌膚的部分，果然是屍體的觸感。

我總這麼覺得。

「——啊啊。但在這個場合，幸好我是屍體類的怪異，這是不幸中的大幸。因為妳想想，具備溶血作用的蛇毒，對於血液類的吸血鬼來說，不是擅長應付的東西。」

「咦……？蛇毒？」

不對，我不該現在才察覺。

既然斧乃木現在在這座神社變成這副模樣，那麼兇手肯定是神撫子吧？我的式神在斧乃木要抓她的時候反擊，只可能是這個原因。不過就我所見，神撫子好像已經不在神社境內……不過光是感受到踐跡，我就打從心底發毛。即使不是遭遇吸血鬼，也盡失血色。

斧乃木是怪異專家，自身也是怪異，神撫子卻將她打成這樣，接下來我即將單獨挑戰這種對手……不知天高地厚就是這麼回事。

依照進展，即使我像這樣四分五裂，成為零散的屍塊，也一點都不奇怪。不過，神撫子會做到這種程度嗎？

什麼原因讓妳犯下這種暴行？

太凶殘了。

「我的天啊，真是的，和阿良良木月火扯上關係之後，我完全沒遇過好事。啊，不過，應該只有一件好事，也就是和妳千石撫子成為朋友。」

「咦？為什麼突然講得這麼讓我開心？」

是想攻陷我嗎？

我不知道她認真到什麼程度。

現在就算了，以前我認為這孩子肯定很討厭我。

因為是人偶，所以容易受到周圍人們的影響，說穿了就是角色性質容易搖擺不定……記得是這樣？

「沒錯。所以既然認為我是好人，就代表妳是好人。」

「就說了，請不要試著攻陷我。」

不必別人攻陷，我已經陷落到最底層了。

不只如此，我的式神還把朋友剁成好多塊。

「不，可是先別說這個，和怪異的性質無關，這是很平常的事吧？一下子喜歡，一下子討厭；喜歡的東西變得討厭，討厭的東西變得喜歡。小時候不敢吃的苦蔬菜，長大之後說不定敢大口吃吧？」

「是嗎……」

總之，或許如此吧。

喜歡與討厭的情感，也會依照時間的不同改變吧。一直喜歡並且持續做同樣的事，或是被外力逼著不情不願持續做同樣的事，都會造成精神上的負擔。

情感的連續性。

以式神的形式看過各種撫子，看過各種時代的撫子之後，我深切這麼想。

「……呃，那個，斧乃木小妹……頭髮也會接回去嗎？妳被剪掉很多……」

「這終究接不回去。因為不是肉。不過妳放心，很快就會復原。因為我是會長頭髮的人偶。」

那就好。

不，我不知道好不好，總之我從各處撿來斧乃木的身體部位，像是立體拼圖般組合。

將各個切面貼合。

嗯？沒接上啊？

「不用在意，就像是做黏土工藝那樣用力壓。稍微粗暴的程度剛剛好。就當作想要就這樣把我壓爛。」

「唔，嗯……」

老實說，這工作相當噁心。

只不過，這是我的式神幹的好事，所以責任應該由我來扛。哎，即使不必負責，既然斧乃木稱我是朋友，我就不能任憑她四分五裂。

那就從腳開始用力裝回去喔。

「如……如果左右裝反就對不起喔。」

「開什麼玩笑，小心我把妳的手腳變成左右相反。」

被罵了。

她罵人的方式好恐怖。

「那……那個，發生了什麼事？神撫子這麼強嗎？」

「總之，要說強的話很強喔……雖然這麼說，但我是專家，姑且是胸懷勝算進行這份工作……不對，不是工作。這是我的私事。真奇怪，我居然會有私事這種東西。」

「…………」

我以為斧乃木又想攻陷我而提高警覺，但她只是靜靜聳了聳肩。不對，她沒肩膀。

「妳問我發生了什麼事？嗯，妳猜得沒錯，我被神撫子反擊了。只不過嚴格來說，我的對手不是只有神撫子。我同時對付乖撫子與神撫子兩具式神。」

原來是二對一。我感到意外。

因為我不認為四散逃走的式神們會合作。

不，雖然這麼說，但是先前又是交換制服，又是搶雕刻刀，看來並不是完全沒有交流。

只是就算這樣，該怎麼說，乖撫子給我的感覺是被其他撫子吃乾抹淨……那麼，神撫子也是以某種形式利用了乖撫子吧。

「是啊，應該是這麼回事吧。總之，現在就活用這段時間，帶著反省之意，試著分析我的敗因吧。」

她說的「這段時間」，應該是手腳、頭與身體接回去的時間吧。換句話說，即使是人偶怪異，傷口癒合還是要一些時間。

我也不能在這種狀況單獨行動，這時候就當個稱職的聽眾吧。

「首先，我和妳分開之後找到的是乖撫子。雖然不知道究竟是什麼原因造成的，不過她穿著泳裝在鎮上走動。」

「穿泳裝？」

這是出乎意料的新情報。

怎麼可能，乖撫子不是應該上半身赤裸，下半身穿燈籠褲嗎？

「難……難道是……超小比基尼？」

「不，是學校泳裝。」

什麼嘛，那就好！

那就太好了！

仔細想想，超小比基尼應該是媚撫子時代的穿著。我原本擔心她拿出那種衣服交換制服，看來不是這樣。

不過，我想起來了。

這麼說來，我也穿過學校泳裝。

畢竟印象過於強烈，至今滿腦子都在想燈籠褲，不過我昔日全身受到蛇的詛咒時，也穿過那種衣服。

為了便於看見纏在身上的蛇痕，也是為了便於行動……記得是這樣？即使如此，如今回想起來，我也搞不懂為什麼穿成那樣，但如果只陳述事實，那麼除了燈籠褲，我也向神原小姐借過學校泳裝，穿來這座神社。

是的，不是下海，是上山。

而且，當時在推測是怪異現象氣袋的這座神社境內，進行解咒的儀式。

這個儀式本身不太算是成功，總之先不提這個……我疏忽了。

也對，說到北白蛇神社，我立刻就聯想到神撫子，但乖撫子也並非和這座神社無緣。

到頭來，在這裡將許多蛇切塊的是乖撫子，所以原本就和這裡有著密切的關聯。當我看見斧乃木被切得四分五裂時，我就應該想到不只是神撫子，乖撫子可能也參與。

實際上，我甚至沒直接想到是神撫子的犯行，所以我不可能猜得到。

「我跟蹤了穿學校泳裝的乖撫子。其實我也可以在發現的時候就用『例外較多之規則』打爛她，但我決定放長線釣大魚，讓她多游一下。因為她穿泳裝。」

「…………」

請不要以只有人頭的狀態開玩笑。

要是在這時候笑出來，我不就有失體統了嗎？

「之所以這麼說，也是因為最後必須將四具式神都解決掉。乖撫子的有害程度應該比較低，如果當成釣大魚的小魚來利用，說不定可以一網打盡。」

嗯。

相較於想逐一見機行事的我，她在這方面的想法和我不同。視野的深度與廣度，也真的可以說是專家與外行人的差別。

以我的場合來說，要駕馭逆撫子應該不簡單，但如果是要透過交際手腕優秀的媚撫子逮到另外三具式神，現在回想起來或許是可行的作戰。

不，憑我的能耐應該也做不到這種事，而且她可能會危害三年五班的學生，所以我還是無法選擇放任她自由行動。

「然後，乖撫子穿著學校泳裝爬這座山，我就這麼繼續跟蹤……不過現在回想起來，我覺得自己巧妙中計了。那完全是誘餌。」

「誘餌？」

「沒錯。是陷阱。神撫子掛的餌。我就這麼被引入這座神社，蛇牙從背後把我撕裂。我為了釣大魚放出去的小魚，其實是引誘我上鉤的餌。」

斧乃木這麼說。

就說了，請不要逗我笑。

光是穿學校泳裝的女國中生爬山，就足以成為爆笑的保證喔。

「也就是說，放出乖撫子當誘餌的不是我，是神撫子。真是的，式神被式神利用是哪招？」

沒錯。

只不過，考慮到乖撫子百依百順的個性，可以說在所難免。而且對方雖說是式神，卻是神明。

看來左腿接上去了（原來真的接得上去，我鬆了口氣），所以接下來我開始接斧乃木的右腿。即使沒有左右接反，也得小心別接錯角度……之後應該可以微調，但我想在這個階段盡力而為。

雖然有如一個閃失就完蛋的大手術，但是就當成現在在玩娃娃吧。我對自己這麼說。

絕對不是在玩屍體。

「那個，斧乃木小妹，衣服怎麼辦？該怎麼說，衣服也已經破爛到悽慘的程度了……」

「說得也是。畢竟也沒有針線，沒辦法縫補，所以可以隨便撕一下，整合成不會傷風敗俗的程度嗎？」

收到。

雖然變成像是無袖露肚臍的打扮，不過這樣的斧乃木也令人耳目一新。

不過是新鮮屍體的「新」。

頭髮也變短，算是改變形象的挑戰吧。

育姊姊失敗的那種挑戰。

這是斧乃木的健康寶寶版本。不過是屍體。

以外型設計來說，這樣可以製作兩個版本的式神……不對，就算不提這個，斧乃木本來就是式神。

不過，我在月火房間換裝打扮時，斧乃木卻連同衣服被撕裂。想到這裡，嬌柔的我就差點被罪惡感壓垮。

話說回來，時間順序是怎樣？

乖撫子只穿燈籠褲在街上徘徊，以及乖撫子穿學校泳裝登山，哪邊比較早？哪邊比較晚？

雖然不管先後順序都是離譜的變態女生，但我覺得這是相當重要的因素……不對，我並不是為了盡量減少盛裝打扮的罪惡感，才重視乖撫子在我換裝時做了什麼。

「這麼說來，千石撫子，妳那邊怎麼樣？妳的衣服完全變了一個樣。看妳手腳還接在身上，至少應該沒遇到神撫子吧。」

請不要從手腳是否還接在身上進行判斷。想到今天的我也可能遭遇斷手斷腳的下場，我就忍不住狂冒冷汗。

老實說，面對苦吞此等敗果的專家，我不方便報告自己連續成功回收兩具式神的成果，不過既然被她發現我盛裝打扮，我就不能繼續保持沉默。

我一邊治療（修復？）斧乃木，一邊盡量客觀，再怎麼樣都要避免聽起來像是炫耀，卻也盡可能詳細說明至今的過程。

忍野咩咩先生說過，關於怪異的事情，不知道哪些情報會如何成為提示，所以應該鉅細靡遺地說明。

哎，畢竟基本上是怪異傳說，不說出來就不曉得。

話是這麼說，但我終究沒透露自己接過戰場原小姐的電話。因為我甚至連說出口都會怕！

這方面應該說不愧是專家吧，斧乃木冷靜沉著聽完我只算是運氣好的立功過程。

「哼，跩什麼跩。」

她說出冷酷的評語。

慢著，冷靜沉著僅止於表情跟語氣嗎？

妒火熊熊燃燒耶。

「居然裝謙虛，討厭的傢伙。」

「那個，不要現在討厭好嗎？因為我正在盡心盡力幫妳接手腳。」

「話說回來，忍野扇嗎……要是和那傢伙扯上關係，狀況就完全不一樣……我的天啊。為求謹慎問一下，千石撫子，妳和忍野扇分開之後還沒聯絡上吧？」

「唔，嗯……我很擔心。扇先生現在應該是照著乖撫子的目擊情報行動，不過如果出了什麼差錯，單獨遭遇神撫子的話，可能沒辦法全身而退……」

「但我擔心的不是這種擔心。」

也對。

我知道的。

我嘴裡說祈禱扇先生平安無事，卻也覺得那個人即使世界滅亡也不會有事。

畢竟那個人即使不是專家，也是忍野咩咩先生的侄子。

「啊，不過，既然神撫子和乖撫子合作，那麼就算遭遇乖撫子，結果也是一樣吧。」

這件事雖然棘手，但就某種意義來說，到了這個地步，現狀堪稱單純至極。式神原本是各自單獨行動，所以至今追捕的這一邊也得分頭進行，不過既然對方團結起來，這邊今後也可以組隊行動。

接下來是團體戰。

「不過，團體戰也有好有壞就是了……乖撫子納入神撫子的指揮之後，式神的性質可能會進化。」

「進化？」

「說不定是神化。以最壞的狀況，我們可能得應付兩個神撫子。」

這就……糟透了。

不過，可能性很高。

實際上，我是乖撫子，也是神撫子。即使外型設計不同，兩者也肯定都是千石撫子。

和千石撫子與千石撫子為敵的千石撫子。

這就是我現在的狀況。

「可是，斧乃木小妹。反過來說，並不是不能讓神撫子變回乖撫子或媚撫子吧？」

「哎……如果帶騙徒過來，並不是做不到吧。」

關於進化，應該說退化（不是神化，而是肉體化？），斧乃木始終抱持懷疑的（貝木的？）態度這麼說。等等，不過，先不提做不做得到，在斧乃木被肢解的這種狀況，找貝木先生或其他專家協助應該可行吧？

比方說，聯絡總管臥煙小姐之類的……

「我不想這麼做的原因有兩個。第一，我的失敗會為人所知。第二，妳可能會連同式神一起被處分。」

前者就算了，後者很重要。

不對，前者也很不妙。

或許是不想對我施加壓力，斧乃木才會使用這種說法，不過對於式神怪異斧乃木來說，要是任務失敗（而且是私下的任務失敗）為人所知，不只是單純的丟臉，可能也會導致自己受到處分吧。

說來荒唐，斧乃木現在的立場和我差不多。

當然，有必要的話，斧乃木應該會以專家的身分，以式神的身分，做出這個艱難的決定，但我實在不能催促她這麼做。

「不過，要是神增加為兩位，我們終究應付不來，所以希望能在這之前做個了斷……神撫子與乖撫子把妳肢解之後就逃離這裡嗎？」

「沒錯。與其說逃走，應該說是在解決我之後前去殺妳吧。」

哇，好積極耶。

實在不像是我的作風。

不過確實是我。

「這麼一來，我和她們兩人就完全擦身而過了……那麼，只要就這樣在這裡等，她們遲早會追著我再度出現嗎？」

「如果可以長期抗戰，要這麼做也沒問題，不過既然擔憂乖撫子進化為神撫子的風險，我們就不能成為等待或被動的一方，始終要成為追捕的一方。」

確實。

不過，再度下落不明的兩具式神，這次要用什麼方法找？

若要尋找正在任憑本能遊蕩的對象，也可以循著目擊證詞去找，但若她們使用戰略藏身，找出她們的難度就三級跳。

即使主導權在神撫子手中，如果她們兩人好好討論過，應該會想出超越既定模式的點子。

「不，我也不是平白遭到暗算。即使失敗，這方面也姑且下了一手。」

「下手？」

這是什麼意思？

我一邊歪著自己的腦袋，一邊以雙手抱起斧乃木的腦袋。軀體部分大致組裝完畢，所以終於要接上頭部了。

只要這裡接起來，修復工作就大功告成……咦？

不對。還沒完成。

我收集的部位之中，沒有右手腕以下的部分耶？

「我把右手『貼』在神撫子的背上。正如字面所述，下了一手。所以，不管她想躲在哪裡，想跟蛇一樣躲起來，我也找得到她。說來見笑，我身為專家，至少完成了最底限的工作。」

人頭的斧乃木就這麼被我抱在懷裡，面無表情這麼說。

看來，還留著一絲希望。

020

多虧斧乃木的功勞，勉強掌握了追捕的線索，不過這不全是好事。對於斧乃木來說，這也算是苦肉計。

應該說是死肉計。

看來這是她盡可能不想採取的做法，雖然因而得以追捕，卻損失某些東西為代價。具體來說，正是失去了右手腕。

換句話說，慣用手無法使用。

因為是屍體所以不會痛，不過從怪異的觀點，戰力可以說大幅降低。

「總之，幫我臨時做一條義肢吧。就用這附近的泥土。千石撫子剛才要妳節制的藝術感性，就在這個大好機會盡情發揮吧。」

這是強人所難。

我的藝術感性，到目前為止只發揮在二次元……

只不過，以這座神社的泥土製作義肢（除此之外，還要補足斧乃木被肢解時散失缺損的肉），或許比使用普通的泥土還要靈驗。

畢竟是在神社的境內。

而且，這裡是怪異現象的氣袋，是組成怪異的「髒東西」容易聚集的地形，實際上，為我驅除纏身之蛇的時候，本應看不見的怪蛇動作，也因為塵土的關係……

咦？

不對，錯了。

不是這樣。

為我進行解咒儀式的時期確實是這樣，不過記得忍野咩咩先生當成自己工作的一環，讓這裡不再是氣袋，而且為了避免「髒東西」繼續聚集在這裡，忍野咩咩的學姊——臥煙小姐，試著讓新的神降臨在當時廢棄的這座北白蛇神社。

當初列為神明候補的人選，是斧乃木口中的前姬絲秀忒・雅賽蘿拉莉昂・刃下心，也就是現在的忍野忍，但是我搶了這份工作。

這就是神撫子誕生的原委。

將我拱為神明之後，神社改建翻新，不過回想起來，神撫子在位的時間沒有多久……後來又出缺好幾個月，現在再度有新的神降臨。

前言說得有點長，總之說來遺憾，現在神社境內的泥土沒有「髒東西」，沒有成為怪異材料的要素。看來，果然無法避免斧乃木的戰力降低。

「說得也是。畢竟死屍累生死郎也不在了。」

「啊？那是什麼人？」

「沒能成為任何人的可憐人。總之，剛才說『藝術的感性』是開玩笑的。為了在行動的時候保持左右平衡，只要注意一下重量就好。」

她這麼說，幫了我一個大忙。

我使用手水舍的水沾溼泥土製成泥巴，開始勤快捏製斧乃木的右手。

沒想到我到了這個年紀，還會像這樣玩泥巴……雖然不太一樣，但我回想起挖沙地尋找「朽繩先生」御神體的往事。那是哪一座公園？

「啊，這麼說來，斧乃木小妹……」

「什麼事？」

除了右手腕以下，總之所有部位都連接完畢，不過為了以防萬一，她在參拜道路維持仰躺的姿勢。要是突然行動之後再度四分五裂就傷腦筋了。為了避免在沒時間的這時候多費工夫，就等她完全癒合吧。

「那個……新的神明在神社裡嗎？我雖然只有掛名，但姑且想以前任的身分打個招呼。」

「不，現在不在喔。這位神明因為出身的關係，總是喜歡散步……這方面不知道該說很走運還是很神，幸好這位神明這時候不在神社。要是一個不小心遇上了，神撫子說不定會搶回神權。」

「…………」

她說得簡單，但要是演變成這種事態就很嚴重了吧。

神撫子是否真的想重返神的寶座，這部分只能想像……但如果換了一個神，會影響到整座城鎮。

不是我個人的問題。

「城鎮陷入恐慌」的這個說法，終於帶點真實感了。

「不過，妳說神正在散步，沒問題嗎？即使不在這裡，也可能在鎮上遭遇神撫子吧？」

「是啊。理想來說，先找到新的神明保護起來比較好吧……不過那位神明經常像是迷路的孩子，說不定比式神難找。」

像是迷路孩子的神？

雖然我這麼說不太對，不過那位神沒問題嗎？

「不能和正在散步的神會合，要求幫忙回收式神嗎？斧乃木小妹，聽妳的語氣，妳和那位神並不是不認識吧？」

這真的是在遇到問題的時候求神拜佛了。

雖然幾乎是擅自牽連，不過既然已經不是毫無關聯，對於新任的神明來說，我覺得最好幫忙一下。

可以拜託這位神明幫前任的神明善後嗎？

「妳說得沒錯，並不是不認識，但也正因為這樣，所以不能這麼做。以這個事件來說，求神幫忙可能會留下禍根。與其說這是前任神明的疏失，應該說這是『我們』的疏失。如果沒付出任何代價獲得神助，神明的信用可能會降低。這邊幫忙是理所當然，但那邊幫忙就是偏袒。」

「………」

這是忍野咩咩先生說的「人只能自己救自己」嗎？

從斧乃木願意當我的素描模特兒來看，她的主張應該不太一樣，不過具備特殊技能的專家，可能或多或少都有這份共識。

「講得安慰一點，神撫子應該想先和妳在這場捉迷藏做個了斷……然後以萬全狀態對於繼任的神明發動政變。」

萬全的狀態。

等到占據我，確立自己的存在之後。

以這個狀況來說，不同於只是討厭勤勉，任憑情緒驅使而抵抗的逆撫子，神撫子應該會認真想要取代我吧。

這下頭痛了。弱小的我頭痛了。

難道沒辦法負負得正嗎？

我沒辦法好好接受這個理論就是了。

有機會的話，請數學系的育姊姊以淺顯方式說明吧。

「……好，完成了，右手。」

畢竟是即興製作，只能說差強人意，不過關於斧乃木唯一的要求——也就是重量，我認為一定抓得很好。

「不過，這個動起來就會散掉吧？」

「只要接上去就沒問題。因為是概念。」

「是喔……」

雖然不太清楚，不過既然專家說沒問題，那就沒問題吧。不提這個，因為是泥巴捏的，所以再怎麼樣都好看不到哪裡去。

「嗯，謝謝。」

不過，斧乃木看起來很滿意。

面無表情就是了。

「所以，斧乃木小妹，神撫子在哪裡？妳抓著神撫子背部的那隻真正右手，現在在哪裡？」

我認為依照所在地點，或許可以重新擬定對策，

「因為是手，不是眼睛，所以沒辦法連地點都知道。唯一知道的只有以手指確認的方向。」

但她這麼回答。

眼睛或手這方面，也是一種概念嗎？

我深感興趣，不過考察是之後的事。

以手指確認……大概就是前後左右、東西南北或上下吧。

即使如此，這也是足夠的情報量，但還是留著些許不安。

比方說，即使可以確定在東邊，也不知道是多遠的東邊。極端來說，神撫子她們現在也可能在美洲大陸。

沒有很多東西的我，當然也沒有護照。

「不，這倒不會。即使是神，即使是怪異，她們依然是妳製作的式神，不會大幅脫離妳的生活圈。」

直到占據妳。

雖然最後補充這句恐怖的話，但斧乃木打了包票。無論要做什麼，神撫子還是會以占據我為第一優先。那麼，我的家裡蹲生活或許將首度派上用場。

身為女國中生原本就很小的生活圈，因為家裡蹲的關係，可以將範圍縮得更小。

「啊啊，幸好我是家裡蹲！」

「不過到頭來，如果妳不是家裡蹲，就不會發生這種事啊？」

我遭受有點嚴厲的吐槽。

說得也是，一點都不幸好。

不過，包括七百一國中、阿良良木家、這座北白蛇神社，確實都是千石撫子生活圈的場所。那麼，神撫子與乖撫子這對臨時搭檔躲藏的地點，肯定頂多只侷限在這座城鎮附近。

「嘿咻。」

隨著這個語氣毫無起伏的吆喝聲，斧乃木像是彈起來般輕盈起身。雖說看似從容，畢竟我不習慣這種修復工作，所以擔心她著地的瞬間會不會全身垮掉，不過癒合的全身傷口連一點偏差都沒有。

斧乃木復活了。

「託妳的福。不過，右手虛有其表，各方面肯定不穩定。所以『例外較多之規則』最好也是盡量避免使用。」

「這……說得也是。」

對我來說，「例外較多之規則」是我請斧乃木擔任模特兒時使用的技能，不過如果當成絕招使用，威力強到可以一招粉碎民宅玄關，所以反作用力當然也很強。

如果能讓對方粉身碎骨，現在全身剛接合的斧乃木，也冒著相同的風險。

「是啊，大概能用一次吧。」

「能用一次……對方還有兩具耶？」

「如果能一次同時打碎兩具是最好的，不過既然神撫子的戰略是拿乖撫子當誘餌，應該很難這麼做吧。」

如同媚撫子以同學建立「人牆」，推測神撫子會以乖撫子當成「撫子牆」。

真是殘虐的千石撫子。真是可憐的千石撫子。

當然，兩者都是千石撫子。

都是我自己。

「所以，千石撫子，基本上，接下來要期待妳的活躍。由妳和她們對峙，我只負責輔助比較好。」

「咦……這……這是強人所難啦。」

我連忙這麼回應，但斧乃木面不改色（一如往常就是了）。

「為什麼？妳已經回收兩具式神創下實績吧？同樣的事只要再做兩次。」

她這麼說。

「比起被阿良良木月火害得一無是處的我，妳的本事好得多喔。」

「全都怪到月火頭上，我終究覺得不太對……」

我才剛借穿她的衣服，所以為她說話。

為那個叛逆兒童說話。

「而且，至今是一個一個對付，我才能驚險成功。即使不提神撫子式神，居然要我一個人同時對抗兩具式神……」

「喂喂喂，妳說這什麼話？妳不是一個人吧？」

斧乃木對狼狽的我扔下這句話。

該怎麼說，這句話聽起來不錯，不過在這種局面，斬斷所有地緣關係活到現在的我，會有誰願意幫忙？

她說的該不會是扇先生或月火吧？

斧乃木舉起以泥土捏製的右手，指向完全沒有頭緒的我。正確來說，是指向我褲裙的口袋。

更正確來說，是指著我收在褲裙口袋的紙片中，已經使用的那兩張。

「媚撫子與逆撫子，成功降伏、封印兩具式神的今撫子妳，如今不是有三個撫子嗎？」

021

換個話題（等等會確實回到正題），畫漫畫的時候，我這種初學者必須注意幾個重點。

角色設計與劇情當然重要，不過即使是虛構，也一定要遵守某些現實。

自以為是的方便主義當然要避免，更重要的是不能忘記劇中活躍的角色們是「活著」的。具體來說，像是吃飯、睡覺、上廁所、洗澡、身體時好時壞、心情時好時壞、會疲勞會恢復、會學習會忘記，務必不能忘記描寫這些細節。

換句話說，就是生活。

是的，努力時經常會犧牲的那些要素。

確實，要是疏忽這方面，角色就只是無意義的記號。

雖然這麼說，要是對此執著過度，虛構劇情的趣味性當然會蕩然無存，所以掌握這方面的拿捏，正是脫離初學者的第一步。好啦，回到正題。

肚子餓了。

上午一直活動，而且積極到無法從平常的隱遁生活想像，東奔西跑，剛才還爬山，就這樣到了正午。

坦白說，身體與心理的疲勞都達到頂點。如果現在有人說「妳可以睡了」，我即使就地躺平也睡得著吧。

「妳啊，現在是吃飯的時候嗎？」

斧乃木說完一臉傻眼的表情（不對，她面無表情），不過肚子餓就沒辦法打仗，這是日本的美妙俗語。

是美麗的日語。

斧乃木是屍體人偶，所以好像和這種現實無緣（對於斧乃木來說，飲食完全像是娛樂。之所以愛吃冰淇淋，應該是享受冰涼的溫度與綿滑的口感吧），但我可沒辦法這樣。

生活是很重要的。

我正實際感受這一點。

不只如此，想到接下來非得實行斧乃木提出的戰略，那就更不用說。餓到無法專心，在對決場面失誤——我無論如何都想避免這種結局。

調整身心狀況也是搜查活動的一環。

所以，我希望至少吃個飯糰，至少喝瓶礦泉水。

填一下沒被破肚的肚子。

「與其說漫畫，更像是電玩耶。就是，那種要怎麼說？肚子餓就會死掉的迷宮型遊戲……」

「嗯，那個叫做『RogueLike』，算是劃時代的革命吧。」

「感謝教導。為了答謝，妳就吃我的右手吧。」

「那是我捏的泥巴吧？」

但我也不認為右手以外的部位可以吃。

就這樣，我和斧乃木下山之後，先暫時回到千石家。總之，填飽肚子也是原因之一，不過這段中場時間的主軸，是要再稍微仔細擬定接下來的作戰。

這是作戰時間。

順著氣勢或是順著自然演變一鼓作氣進攻，感覺像是驚濤駭浪般豪邁，不過這果然是自我毀滅的構想吧。

已經失誤好幾次才這麼說也很厚臉皮，不過正因為失誤過，所以希望接下來的團體戰慎重再慎重。

出乎預料得以回家，原本想說換回自己的衣服，不過現在這樣也具備喬裝的意義，所以我決定繼續借穿。

絕對不是想盡量穿著可愛的洋裝久一點！

即使擅自借穿，月火應該也不會生氣，但是向她借的話又不肯借，這種神祕的個性不在我的考慮之中。

「不過，斧乃木小妹，妳換套衣服吧？」

「嗯？不過，這種前衛的露肚臍打扮，我挺喜歡的啊？」

「我不是這個意思，是說要喬裝。」

如果只有我喬裝，斧乃木卻維持原樣，果然可能會先被對方發現吧。

即使不是因為這樣，前衛的露肚臍打扮也引人側目了。

站在神撫子的角度，要是知道本應四分五裂的斧乃木遠遠走過來，看起來應該是挺恐怖的現象，不過既然她也是怪異，事情大概不會那麼順利。既然這樣，乾脆把她的服裝整個換掉吧。

也就是成為第三種斧乃木。

即使是和飲食這個現實行徑無關的斧乃木，肯定也不會和換裝無緣。

「如果穿我的衣服，到最後可能會被看穿，所以穿爸爸或媽媽的衣服吧。帽子應該戴我的就好。」

「這種尺寸的衣服穿在我身上很寬鬆，我覺得會很顯眼……」

斧乃木看起來興趣缺缺，不過大概是被肢解一次有所反省吧。

「知道了。我會自己隨便找適當的衣服。像是洗到縮水的那種。雖然姊姊應該會嫌棄，不過就以臥煙小姐的形象搭配吧。」

她最後接受了。

嫌棄的是「姊姊」啊。

那麼，平常那套很難畫的服裝，就是那一位搭配的吧。

就這樣，斧乃木去換裝，我在廚房準備餐點。

雖說要準備，但我千石撫子不可能擁有廚藝，所以要尋找簡便的食物。

我家是雙薪家庭，爸媽有時候也會先幫我做好午餐，不過很遺憾，今天冰箱裡沒有包著保鮮膜的盤子。

因為在冷戰。

比冰箱還冷的冷戰。

看來，我正在遭受斷糧攻擊。

雖然育姊姊那麼說，不過就這種應對看來，父母不允許疼愛至今的女兒繼續過著家裡蹲生活，這份決心非常堅定的樣子。

真悲哀，看來他們說得那麼嚴厲，並不是一次性的心血來潮。

若要繼續說現實話題，對未成年孩子斷糧，就某方面來說是一種虐待。「為了壓縮努力期間而製作四具式神」的應對方式完全不正確，我正在以因果報應的形式徹底體會，不過，我也可能做出更錯誤的選擇。

和逆撫子一樣亂發脾氣，動粗，亂揮雕刻刀……即使傷害到父母、他人或自己也一點都不奇怪。

果然是有其親必有其子？還是有其子必有其親？

這不是現在要想的事，不過對於這樣的父母，我該怎麼做才叫孝順？

我進行愚笨的想像。

想像自己畫出父母引以為傲，心目中理想的千石撫子，從二次元召喚到三次元當成式神，然後讓這個女孩取代我。

不是占據，是讓位。

正常上學，聽父母的話，率直又可愛，雖然聰明，講話卻不會太機靈……我的天啊，這孩子要叫做什麼撫子？

「妳為什麼看著空冰箱笑嘻嘻的？詭異的傢伙。」

斧乃木換好衣服回來了。

斧乃木余接的第三種模式。

明明穿著大人的衣服，不對，正因為穿大人的衣服，所以如她所說，是寬鬆輕便的造型。看來那位臥煙小姐就是這種打扮。

看起來十二歲左右的斧乃木（正確年齡不曉得，畢竟是怪異，據說成為怪異要花費百年光陰）這麼穿就算了，大人穿上這身打扮頗具特色。

不知道她是什麼樣的人。

我將會被指定為有害？還是認定為無害？想到我的命運端看這個人的裁決，我就好緊張。雖然也是因為能穿的衣服有限，但總之斧乃木換裝這麼快，幫了我一個大忙。

因為敗給飢餓而貿然返家，所以獨處的時候會回到非得面對的現實。會面對生活。

雖然這也很重要，但現在得思考剩下兩個千石撫子的事。為此得好好吃一頓才行。

「既然是這身打扮，妳應該戴毛線帽。我覺得會很搭喔。」

最後我決定燒開水，用泡麵充飢。說來驚人，今撫子好歹也會燒開水。

「那麼，重新來過……斧乃木小妹，剛才提到的作戰，可以再說一次給我聽嗎？

妳說我有三個人……」

「嗯。」

我坐在飯廳餐桌座位，和斧乃木面對面。

回想起來，斧乃木來我房間玩（來發牢騷），擔任我的素描模特兒至今已經好幾個月，不過她基本上都是從窗戶爬進來以免被我爸媽發現，所以這是第一次像這樣在一樓面對面。

冰箱冷藏庫是空的，不過冷凍庫有冰淇淋，我就提供給斧乃木了。

請享用。

「所以我的意思是說，既然神撫子和乖撫子聯手，這邊就以三個千石撫子來對付。妳加上妳抓到的兩具式神——媚撫子與逆撫子，總共三人。」

「嗯。可是，我雖然知道妳說的意思，不過……」

在山頂北白蛇神社境內聽她這麼說的時候，我覺得是突破盲點的精明點子，但是過一段時間冷靜想想，就覺得事情應該不會這麼順利而卻步。

基於這層意義，留這段緩衝時間是對的。對付逆撫子的時候，我正是採用走一步算一步，什麼作戰都稱不上的作戰，可以說是九死一生，所以即使這是專家構思的作戰，我也想在進行之前仔細推敲。

「意思是要三對二，站在人數優勢戰鬥吧？」

「沒錯。當然，各個撫子有自己的個性，所以單純的少數服從多數不成立。想到妳作畫時為各人設定的角色性質，她們不是複製人，所以光是這樣的話始終是紙上談兵。不過，這對我們來說反而是優勢吧。媚撫子的交涉手腕、逆撫子的身體能力，既然對面的這兩具已經封印，現在的條件再好也不過。相對的，雕刻刀被逆撫子搶走的乖撫子，只能當成誘餌或肉盾湊數，實際上應該提防的只有神撫子。」

「說得也是。這我懂。」

不只如此，急救完畢的斧乃木，雖說實際上無法使用「例外較多之規則」，卻不是無法參加戰鬥吧。我很無力，不過，總之，無力的我還是會在做得到的範圍努力。

只是即使如此，這個方案果然是紙上談兵。

因為……

「依賴式神解決狀況，或是讓狀況變得明朗化的計畫，我們今天早上不就試過，而且徹底失敗嗎？我們想請四具式神協助，卻完全沒能如願，放任她們到處亂跑，不是嗎？」

如果像是將棋那樣，能把封印的式神當成自己人使用該有多好，但我不認為會這麼順心如意。

即使叫出媚撫子與逆撫子請求協助，反正也會被她們跑掉告終吧？

「扇先生說過，可以畫一百個千石撫子，使用地毯式搜索作戰，我覺得跟妳的方案差不多……」

「忍野扇應該是開玩笑那麼說，不過那傢伙的玩笑會切中事物本質到討人厭的程度。這個方案當然荒唐，不過千石撫子，妳甘願在失敗之後就此結束嗎？」

「什麼？」

「挑戰一次失敗，就再也不挑戰第二次，這不算是尋夢人的正確態度吧？我們確實控制式神失敗，那麼，下次成功不就好了？」

「…………」

不，話是這麼說沒錯。

妳講得很樂觀。

反倒是因為一直迴避所有不擅長的事情，才會在這個千石家造就出那個乖撫子，想到這裡就覺得，雖說第一次沒成功，但若之後把這個選項完全排除在外，確實稱不上是立志邁向未來的態度。

應該克服自己不擅長的事情。

無力的我該努力的或許是這部分。

……只不過，這始終是重新挑戰安全的課題才能這麼說，沒練習過就突然上場挑戰不擅長的事情，這應該不是勇敢，是魯莽。

想要彌補失敗，貫徹錯誤的初衷，結果反倒只會失敗又失敗，導致被害程度擴大吧？

「如果妳無論如何都反對，我也不會強制執行這個方案。畢竟不是絕對沒有別的腹案……只不過，若要說初衷，千石撫子，妳該不會忘記當初的目的吧？」

「當初的目的？不就是和式神輪班，達成一萬小時的法則嗎？」

「除此之外，獲得臥煙小姐的無害認定，也是另一個目標吧？妳的處置懸而未決，所以妳要表現利用價值，以平安清算為目標。」

啊啊，原來在講這個。

我當然沒忘記。因為也是基於這個理由，所以在目前說客套話也不甚理想的狀況，我們也不能找別的專家求助。

只不過，重新聽她這麼說就發現，假設以一己之力（也就是有其他的方案並且採用）突破這個難關，頂多只能保證我不會被當成危險的災難火種，身為式神的斧乃木也不會受到處分，但是無論如何，既然已經讓式神失控一次，我這個「必須觀察對象」的評價不會加分。不會完成「獲得無害認定」這個目的。

不，公平來想，反過來將眼光放遠來看，基本上肯定如此吧。

正因如此，才要進行這個作戰。

必須聽斧乃木大剌剌計算得失直接說明才有頭緒，看來我真是遲鈍到不行。

不過，她說得沒錯。

並不是只要撐過現在就好。

要立志邁向未來。

我對於乖撫子的想法，如今非得對自己說一遍吧。我有將來。

使用式神組隊努力一萬小時的方案本身無論如何都必須作廢，即使如此，既然事情演變至今，至少必須想辦法獲得無罪認定。

為了將來，為了夢想，我必須貪求。

「知道了。斧乃木小妹，我做吧。不對，讓我做。請讓我做。」

我說出來了。一邊吃泡麵一邊說。

「再確認一次，扇先生的方案當成玩笑話就好吧？」

「嗯。妳最好不要新畫其他的妳。我說可以重複失敗，卻沒說可以重複完全相同的失敗。不考慮那種無意義的循環，始終是摸索碰壁之後再摸索。既然失敗過，就應該從中學到一些東西。阿良良木月火尤其應該這樣。」

「…………」

即使處於這種危機狀況，斧乃木依然不斷發出對於月火的牢騷。

反過來說，正因為斧乃木平常就和月火搭檔行動（順帶一提，月火好像把斧乃木當成靈魂移轉到人偶的魔法少女），要對我這種程度的問題兒童進行情操教育，或許不必費太大的工夫。

希望改天也能聽聽她們兩人的對話。

假扮成魔法少女的斧乃木，我也感興趣。

無論如何，不必畫一百個千石撫子真是太好了。即使立志成為漫畫家，要我畫同一個人的一百種版本，我也做不到。

即使是專家也做不到吧。

「妳說要從失敗中學習，意思是這次要好好將媚撫子與逆撫子當成式神使喚吧？」

「沒錯。這次的條件和早上不同，妳已經面對這兩具式神一次，而且無論過程怎麼樣，也已經確實封印，降伏完畢，奠定主僕階級。所以，當妳打開折疊的紙片，她們這次將會服從妳的可能性很高。我可不是提出魯莽的方案喔。」

斧乃木說著以木匙舀起冰淇淋。

「雖然這麼說，但也有最壞的狀況。」

「最壞的狀況？」

「對上神撫子與乖撫子，妳放出媚撫子與逆撫子之後，這兩具式神跑到對方那邊，別說三對二，甚至變成一對四的狀況。」

這樣太慘了。

我會被四面包圍痛毆之後完蛋。

「總之，這真的是最壞的狀況，而且若要詳細預測，被神撫子當成誘餌的乖撫子也可能跑到我們這邊，演變成四對一的樂觀狀況。繼續討論可能性會沒完沒了，這也不是賭運氣的機率對決。最後還是要看妳的膽力，也就是膽量。」

膽力嗎？

我沒聽過這種力量。

無力的我，要從體內的哪裡找這種東西？

我甚至比較希望她說「靈力」或「妖力」之類的，不過凡事到最後都得靠毅力吧。

「技術層面我當然會支援。如果模仿青春漫畫的說法，那麼千石撫子，妳跨越過去自己的時機終於來臨了。」

為什麼這種時機在今天突然來臨？這應該是人類經過某種成長才必須挑戰的課題吧？

我只是和爸媽吵架啊？

「吵死了。不要囉哩叭唆，不然我就要說妳這個敘事者其實才是式神，用這個方式結束這一集。」

請不要提前講這種就算是真的也不奇怪的總結。

「…………」

不過，日子應該也不是自己能選的。反倒是來得太晚了。
不肯往前看的乖撫子。
迎合周圍的媚撫子。
總是狂暴的逆撫子。
假裝神聖純真的神撫子。
這一切都是我，這一切都連接到現在。
所以，我必須將她們和我連接在一起。
在這之前，在面對媚撫子與逆撫子的時候，老實說，我沒有餘力想這麼多。為了防止恐慌，為了在利刃面前自保，我沒有覺悟也沒有想法，就只是一心一意試著撐過眼前的難關。不過，接下來不能這樣。
填飽肚子了。
戰鬥開始。

022

決戰場所是書店。

這個區域唯一的大型書店。

正因為是地方都市，網羅各種類型書籍的這種書店才能成立，總之我買書都來這裡。

斧乃木抓在神撫子背上的右手成為發訊機，我們依照訊號告知的方向從千石家出發，最後抵達的是這棟兩層樓的建築物。

「真是的。如果能使用『例外較多之規則』，這點距離明明一跳就到了。受不了受不了，在地上爬的人類總是這麼辛苦嗎？」

請不要說我們是在地上爬的人類。

突然展現這種角色個性，我也不知道該怎麼應對。

這麼說來，我現在才想起來，我把扇先生的ＢＭＸ忘在阿良良木家。因為當時是不顧一切逃走的。

我完全忘了這件事。

總之，就算那輛腳踏車還在，難騎到像是謝絕初學者的那種ＢＭＸ，我也不會想用來載斧乃木……我現在比以前更不想接近阿良良木家，所以只能拜託月火幫忙回收腳踏車了吧。

我滿心希望停放在那裡的腳踏車，讓他們認為玄關門是扇先生弄壞的。話說回來，扇先生現在正在哪裡做什麼？

該不會覺得厭煩回去了吧？

不提這個，神撫子與乖撫子以書店當據點，令我感到意外。一般來說，我認為會找更沒有人煙的地方設定為祕密基地。

只不過，我心裡也不是沒有底。

我昔日在北白蛇神社，做出將蛇切塊這種無法想像的粗暴行為，是為了解除自己受到的詛咒，不過在那個時候，使用這種殘虐方法的根據，就是我在這間書店得到的知識。

連結到現在的那場屠殺行徑，就是我在這間書店的靈異書籍區，閱讀《蛇咒全集》這本書的成果。

這麼想就覺得，與其說是在生活範圍內，不如說總覺得今天是在遍訪千石撫子回憶中的地點。

不過每個地方都不是什麼美好的回憶……

「懷舊」這個詞，記得我是從育姊姊那裡聽來的。

那麼，下一個景點是我初識月火的小學嗎？不，不能有下一站了，我必須在這裡做個了斷。

「話說回來，斧乃木小妹……」

「什麼事，撫子小妹？」

她和我拉近距離了。

難道是角色形象又在搖擺不定？

真是不能輕忽大意。

「都來到這裡了，問這個問題也沒意義，不過妳想的另一個腹案是什麼？就是我如果始終拒絕使喚式神作戰的話，妳想採用的另一個方案……」

「都來到這裡了，問這個問題確實也沒意義，而且那幾乎是最後的手段。因為是現在我才明講，我只是為了說服妳才拿那個方案來談，但完全不想使用。」

「妳說『因為是現在我才明講』，但是相隔還不到一個小時吧？」

「就是請前姬絲秀忒・雅賽蘿拉莉昂・刃下心出馬的方案。那位獲得無害認定的怪異之王——鐵血、熱血、冷血的吸血鬼。」

「…………」

這也是傷物語笑話嗎？

不過太難笑，我還是沉默了。

「不不不，只是實現的可能性有待商榷，不過這點子本身很正經。不能依賴臥煙小姐這位專家總管，此外，神撫子的繼承者，愛散步的那位神明應該也很難請來幫忙，但如果是姬絲秀忒・雅賽蘿拉莉昂・刃下心，她是沒有受到這種束縛的自由之身，而且又不是不認識。找來已經獲得無害認定的那傢伙，讓她『吃掉』剩下的兩具式神，真的是最簡單的解決方法。」

「……可是，記得神撫子不是好幾次把前姬絲秀忒・雅賽蘿拉莉昂・刃下心——把小忍殺到半死不活？」

斧乃木先前以只有頭顱的狀態說過，吸血鬼是血液類的怪異，被蛇毒剋得死死的。

但是嚴格來說，好幾次把她殺到半死不活的不是神撫子，是我。

「是的，一點都沒錯，這是重點。神撫子始終只是式神。雖然是神，卻更是一張紙。和去年好幾次殺到半死不活那當時的狀況不一樣，而且戰鬥的地點也不是北白蛇神社那個神域。」

「可是……」

「我知道喔。知道妳想說卻不方便說的那件事。」

就像是要阻止我說出第二次的「可是」，斧乃木這麼說。

「既然要請前姬絲秀忒・雅賽蘿拉莉昂・刃下心出馬，和她同進同出的『那個男的』必然也會跟來。沒有作戰立案這個概念的『那個男的』一旦介入這個事件，將完全無法預測狀況的演變……無法模擬戰局。即使如此，如果只以我的意向來說，這在某方面也是正合我意，不過對撫公來說，這種事應該很不方便又難以接受吧？」

「……謝謝妳的貼心。」

「撫公」這個稱呼，我也相當難以接受就是了。

這是「撫子小妹」時代短暫出現過的稱呼。

「嗯。所以這個方案雖然有實效性，卻沒什麼實現性。只不過，如果我判斷這樣下去妳會面臨生命威脅，我將無視於妳的意願。到了那種狀況，我將不惜向前姬絲秀忒・雅賽蘿拉莉昂・刃下心、臥煙小姐或是新任神明求助。」

看來這是專家的底線。

在這種場合，我不禁擔心斧乃木解決問題之後的進退會受到威脅。

「總之，我會自己想辦法的。」

不過她隨口帶過。

「好歹自己的事情要由自己想辦法。」

聽她這麼說，我也無法追問下去。無法為自己事情想辦法的我，只能徹底體會自己的無能。

「沒關係喔。光是願意聽我發阿良良木月火的牢騷，妳就幫了我很多。」

原來這份職責這麼重要？

總之以我的立場，為了保住斧乃木的職分，只能完成決定採用的第一方案。我不太樂見在書店開戰，所以可以的話，我想在背地裡和平解決。

這可不是嘴裡說說喔。

神撫子與乖撫子以書店為據點的原因只能臆測，不過當我緊張兮兮真正踏進店裡，就發現書店的構造當成藏身之處還不錯。

至今我不曾以這種角度看書店，不過遮蔽視線的書架緊密排列，所以完全不知道誰會從哪裡衝出來。以射擊遊戲來說，就是可以盡情重新裝填子彈。

不過，這不是只對敵方有利的條件……我們這邊能以斧乃木的右手確認神撫子的位置，所以書店這個戰場反而絕對不算差。

我以電玩腦這樣分析，只不過，事情好像沒這麼單純。

之所以這麼說，並不是能不能藏身的問題，而是因為書店裡完全沒人。不，現在是平日白天，即使人多也沒有突兀感，對於事件元凶的我們來說，免於殃及善良的他人也可以說是好事，但是不只是沒有客人，店員也不在。

換句話說，「完全沒人」不是形容。

書店裡空無一人。

「…………？」

「結界嗎？不，不是。以結界來說太不守規矩了。應該是式神的特殊技能。恐怕是神撫子的。」

書店毫無人影的異常狀況，使得我困惑不已時，斧乃木這麼說。

「這個無人的店內，可以說是乖撫子的內心想像的光景吧。乖撫子以一副變態般的模樣到處晃也沒被逮捕，或許是因為擁有堪稱『從怕生衍生的驅人結界』這個技能。」

嗯。

我覺得認真深入研究這一點也怪怪的，但若乖撫子使用這種技能，那就可以理解為什麼只有目擊證詞，卻遲遲無法發現或抓到她。畢竟不只是我和扇先生，專家斧乃木也是就這麼被引誘到山上。

只不過，斧乃木當時的還擊，在這裡發揮作用了。原本覺得更早抓到也不奇怪的撫子，因為具備這種潛伏能力，所以依照狀況，或許可以永遠躲過我們的追蹤，不過斧乃木附在神撫子背上的右手告知，她們身處於這間書店。

「往這裡。」

斧乃木說著稍微放慢速度，像是鑽過書架的森林，持續走向書店深處。

這間兩層樓的書店，現在區分為一樓是小說、雜誌、參考書、專業書籍區，二樓是漫畫、繪本、童書區。我經常利用的當然是二樓，不過就算這麼說，神撫子與乖撫子也不一定在二樓吧……我戰戰兢兢警戒周圍，同時在這個階段就從口袋取出兩張摺疊的紙片，雙手各拿一張。

不是封印用的白紙。

右手的紙，畫著媚撫子的圖。

左手的紙，畫著逆撫子的圖。

我做好準備，以便在發生狀況時隨時能「啟動」她們。

「姑且再指示一次……撫公，無論是什麼狀況，『啟動』式神的時候都必須分開啟動。」

斧乃木就這麼看著前方，壓低聲音說。

差點忘了。

心情莫名緊張的我，匆忙將兩張紙都拿出來，不過這麼說來，進入書店前，斧乃木對我下了這樣的指示。

到頭來，這就是今天早上失敗的一大原因。她們之所以成為無法控制、不能操控的狀態，可以說正是因為我同時將四具式神立體化。

聽她這麼說就覺得沒錯。

至今的我，就算在神明時代也沒使用過式神，雖然所有式神都是千石撫子我自己，也不可能同時要求四人協助我。

扇先生說，斧乃木失算的地方，在於我成功把四具式神都召喚出來，原來也是基於這個意思吧。

所以，必須一具一具啟動。

一張一張啟動。

因此，雖說雙方千石撫子的人數差距是這邊三人對上那邊兩人，但始終還是避免團體戰比較好。

真要說的話，基本上要各個擊破。

發現一具式神之後，由我以及現在已經封印的兩名千石撫子之一夾擊。不是進行一次「三對二」，是進行兩次「二對一」。

這是理想狀況。

事情當然不會按照理想進行吧，即使如此，唯獨絕對要禁止同時啟動兩具式神。

可能真的會變成「一對四」。

所以，我必須配合局面，巧妙輪流使喚就某方面來說角色處於兩個極端的兩具式神，也就是媚撫子與逆撫子。

交涉時派出媚撫子。戰鬥時派出逆撫子。

得避免搞錯才行。

斧乃木以泥土製成的右手食指指向天花板。

「嗯……看來在上面。」

上面……也就是二樓吧。

那麼，依照既定原則，應該是在漫畫區嗎……不，在這個節骨眼，乖撫子應該不會想買漫畫吧。

聽到她這麼說，也就是代表神撫子不在我們所在的一樓，得知這件事的我稍微緩和緊張。

這不是好事。

緩和緊張，也就是精神鬆懈的意思。即使不提這個，由於現在是由斧乃木帶路，或許我忘記受傷的她現在只負責輔助我。

只放鬆了一點點。

因為放鬆了一點點，所以斧乃木要走樓梯上二樓的時候，我慢了一步。

也是因為我原本走路就慢。

而且我上午又是騎車又是爬山，雙腿在鎮上探險之後累積的疲勞，光是在家裡休息短短一小時左右並不會消除。

因此，雖然我盡可能希望緊貼在斧乃木身後，卻拉出大約一公尺的距離。事後回想起來，這一公尺成為致命傷。

告知要前往二樓，我的注意力大多已經集中在二樓，不過在書架之間穿梭前進時，我的視野一角捕捉到奇怪的東西。

我居然能看見斧乃木看漏的東西，事後回想起來只覺得不對勁，不過這也可以說是在所難免。現在的斧乃木費盡全力，用盡所有注意力尋找自己被切掉的右手，結果，只是跟在她身後閒著沒事的我，率先發現右手以外的東西。就算這麼說，這也完全不值得拿來炫耀吧。

而且，我實在不想炫耀。

完全不是值得誇獎的事。

因為，我在和階梯完全相反的方向遠遠發現的東西，是身穿學校泳裝站著看書的乖撫子背影。

我能為這樣的自己感到驕傲嗎？

023

如果上半身赤裸只穿燈籠褲的乖撫子命名為「籠褲撫子」，穿學校泳裝的乖撫子想必要叫做「校泳撫子」吧。大概是搭配泳裝，她腳上沒穿襪子，只穿海灘鞋。由於有段距離，她又面向書架，所以無法斷言那是乖撫子，不過在把人趕光光的書店裡，即使沒有趕人也一樣，會穿著學校泳裝站著看書的女國中生，我只想得到千石撫子。

不，就算是我，也從來沒有穿著學校泳裝站著看書啊？

我在北白蛇神社境內穿成那樣，始終是為了解除蛇咒。雖然就某些角度來看同樣是該遭天譴的行為，但姑且是基於說得通的理由。

正因如此（正因我現在穿著以月火為樣本的漂亮衣服），乖撫子光天化日之下穿成那副模樣，我不想正視。

無論如何，我終於發現從早上就找到現在的乖撫子。對方沒發現我們？

我一直斷定神撫子與乖撫子正在共同行動，所以沒想到她們分別待在一樓與二樓。

嚇了一跳。

開始家裡蹲生活之後，我就沒來過書店了……不過校泳撫子物色書籍的那一區，難道是靈異相關的書架嗎？

我獲得錯誤解咒儀式知識的書架……不，記得忍野咩咩先生說，儀式本身的做法沒錯。

當時的事件發生太多錯誤，如今不確定哪方面怎麼出錯。

「斧乃……」

我叫到一半就閉上嘴。

這裡是無人的書店。也沒播放音樂。發出聲音就會響遍店內，乖撫子恐怕會察覺。我認為這是我們的大好機會，絕對不能白費。

若能在這時候將容易隨波逐流的乖撫子拉攏過來，以「四對一」和神撫子對峙，或許甚至不必開戰。可以要求她投降。

投降。

這是神明降臨的新形態。

不過，總不能出聲叫斧乃木，卻也不知道該怎麼留下她，在我停下腳步的時候，斧乃木依然快步向前。要跑過去抓住她的肩膀嗎？不，在這種場合，肯定會發出腳步聲。我穿的是涼鞋，所以是啪噠啪噠的聲音。可惡，早知道在回家的時候換穿球鞋……！

「…………！」

我連忙下定決心，一個轉身，和斧乃木背道而行。朝著校泳撫子露出泳裝肩帶的背影，緊閉雙唇不發一語，即使慢一點也沒關係，像是踮腳走路般無聲無息開始移動。

這是錯誤的判斷。

這真的明顯是錯誤的行動。

只能說錯得很徹底。

不過，我在這時候認為只能這麼做。我覺得要是能在這裡拉攏乖撫子，就能一氣呵成解決整個事件。

如此認定。

在北白蛇神社境內所看見，斧乃木被砍成四分五裂的光景，烙印在我的腦海揮之不去。那種事不能發生第二次。

現在的我無法接受「因為是屍體，所以被砍碎也不成問題」這種邏輯。這在本質上和「因為是蛇，所以被砍碎也不成問題」的邏輯相同。

所以，如果能在遇上神撫子之前先逮住乖撫子，我認為絕對不該放過這個機會。

只是，我錯了。

到頭來，斧乃木之所以落得四分五裂的下場，正是因為神撫子拿乖撫子當誘餌。那麼，站在那裡看書的乖撫子也或許是誘餌，為什麼我沒想到這一點？

這樣真的只是重蹈覆轍吧？擺在眼前的輕鬆解決方案釣到我了。

只不過在這個時候，我不只沒自覺正在亂來，甚至沒認知到自己正在實行作戰的時候獨自行動。

我不知道團隊合作的概念。

成為團體戰之後，我朝著負面方向發揮功用。

不愧是沒用的傢伙。

或者說，在這種緊急事態之中，我可能一時慌張而激動起來。該不會又把自己當成漫畫的登場角色吧？

無視於現實。

將枯燥的搜查工作全扔給斧乃木。

只是即使如此，我還是自認有一套自己的想法。我慢慢接近校泳撫子的背，注意力集中在右手。

右手的紙片封著媚撫子。是的，即使對方是乖撫子，我也不會想要一對一說服，或是冷不防使用白紙封印，我不會想得那麼美。

這裡應該輪到擁有恐怖交際手腕的媚撫子出馬。

是「二對一」。

要說服神撫子，我認為確實需要貝木先生等級的話術，但如果是乖撫子，靠媚撫子就夠了吧……那麼容易隨波逐流的傢伙很難找。

因為穿著學校泳裝，所以容易隨波逐流……不是這樣，她是因為容易隨波逐流才會穿上學校泳裝，或是上半身赤裸只穿燈籠褲，打扮成這種火辣的模樣。

總之，這不是乖撫子，而是我自己的往事，不過乖撫子又是被人交換制服，又是被搶走雕刻刀，幾乎對其他的式神言聽計從。

所以……嗯？

咦？

剛才，我總覺得有種神奇的突兀感……那個，我疏忽了什麼嗎？

若要說疏忽，我離開斧乃木獨自行動的時間點，就已經疏忽到不能再疏忽，但我說的不是這個，我犯下的是更基本的疏忽……

只不過，我大腦運轉的速度，比我以累積乳酸的雙腿無聲無息行走的速度還要慢，還沒發現突兀感的真面目，我就已經走到校泳撫子的背後。

校泳撫子站著看書的區域，果然是靈異書籍區。肯定在看關於蛇的書吧。

說得也是。

去年的這個時候，雖然不是穿學校泳裝，但我同樣是像這樣在這裡站著看書的時候被發現。

在這裡被發現。

「…………」

如果，我那個時候沒被發現——如果時間稍微錯開，我在另一天，在另一個時間來到書店，我的下場將會變成什麼樣子？

會因為詛咒而死，結束這一生嗎？

不，到頭來，專家忍野咩咩先生為了處理北白蛇神社這個「氣袋」而行動的時間點，或者是當時身為栂之木二中之火炎姊妹的火憐與月火，為了處理在七百一國中蔓延的「咒術」而開始活動的時間點，那次的發現與那次的重逢，無論如何都是無法迴避的東西吧。

……無法迴避的東西？

我當時想迴避嗎？

明明那麼開心……

在內心傳來刺痛的瞬間，就像是抓準這個機會，我和校泳撫子因為是校泳撫子所以露出的背部相差短短幾步的距離時，事件發生了。

與其說事件發生，應該說東西倒下了。

書架倒下了。

塞滿厚厚精裝專業書籍的書架，就像是要把我壓死，毫無徵兆就朝我崩塌。

「咦……」

這也一樣，是無法迴避的東西。

024

死的時候想被書架壓死。

這句話真棒。

我是只看漫畫的國中生，即使如此，看見塞滿大量書本的高書架，還是會莫名開心起來。

所以我對這種想法有共鳴。

自認有共鳴。

不過實際上像這樣，以為幾乎等同於牆壁的書架發出劈啪聲倒下，架上塞滿的書本不只像雨珠更像雪崩掉落，目擊這一幕的我，內心的這種共鳴早已飛到九霄雲外。

我不要被書架壓死。

不過我會死。

啊啊，這就是死亡啊……我這麼想。

居然是這種死法。

被蛇纏身，成為神明，嘴裡說著各種自虐話語的我，內心某處依然認為自己的人生甚至算是特殊、奇特又特別，所以這個死因令我意外。

不過，說得也是。

無論是否度過戲劇化的人生，無論一個人是幸還是不幸，是好人還是壞人，都無從得知自己會以何種方式死亡吧。

死亡的時候想以這種方式死亡……這種願望不可能實現。即使能選擇死亡的方式，頂多也只能以刪除法選擇吧。

所以，人們應該選擇的是活著的方式。啊啊，早知如此，應該更好好和大家吵一架。

應該好好和大家和睦相處。

是的。

和小忍，甚至和戰場原小姐，說不定……

「……………………………………………………………………」

我嘴裡這麼說，卻依然盡量希望想一些帥氣的事情死去，當成我竭盡所能的抵抗，但是即使我等再久，致命的一擊都沒有來臨。

怎麼回事？難道說，身處於極限狀況，所有動作都感覺是慢動作嗎？

原來那不是漫畫的表現手法，是真有其事？

我一邊心想，一邊緩緩睜開雙眼。書架倒下的時間點，我不只是沒有反射性地逃走，還當場軟腳，處於只能呆呆等著被壓扁的狀況，不過，書架以四十五度的斜角靜止了。

巨大的書架遮住視野，我周圍一片漆黑，即使如此，還是平安無事地活著。不能說完全無事，因為就算書架在最後關頭靜止，塞在架上的大量書本也全部落下。

絕對不柔軟的精裝書籍，毫不留情大量直接打在我身上，所以果然不是毫髮無傷。即使哪裡出血或骨折也不奇怪吧。

不過，即使如此，即使甚至是如此，比起被書架本身壓扁，這種被害程度也輕微得多吧。

並不是設置在另一側的書架成為支柱，將倒下的書架擋在四十五度斜角。

另一側的書架完全倒下了。倒向另一側。

應該說，就我從縫隙看見的光景，這層樓的書架有如骨牌悉數倒下。

明明沒發生地震，為什麼變成這樣？我不知道。不，其實我早就知道，但是我不想理解。

不想理解自己的膚淺。

在這樣的慘狀中，唯一沒倒下的，就是以四十五度斜角靜止的這個書架。至於為什麼沒倒下，果然是因為有支撐的關係。

因為有人支撐的關係。

和住家擺的書架不同，原本因為非常沉重，沒想過會倒下的這個書架，究竟是誰好不容易阻止完全倒下的？是千石撫子。不過，這個千石撫子，當然不是丟臉癱坐在地上的我。

身穿制服，腳穿有跟女鞋，張開雙手雙腳支撐書架的這個千石撫子是……

「媚……媚撫子！」

「……如果不是取這種爛名字，我說不定可以從一開始就站在妳這邊喔。」約定。

她不情不願地這麼說。不情不願地露出親切的笑容。

即使在這種時候都維持這種笑容。

不過，因為瀏海以髮箍往後收，所以她的笑容，她的表情，她的痛苦，清清楚楚傳達給我。

「不過，那套衣服，真的好可愛。我也想穿。今撫子，這是在哪裡買的？」

「啊，這……這是，我向朋友月火借的……」

現在不是這樣悠哉閒聊的時候。

取這個過分名字的不是我，是斧乃木。但我說不出口。

我當然清楚知道她在這裡的原因。直到剛才，我都準備要打開封印媚撫子的紙片，藉以籠絡校泳撫子。

恐怕是我看見書架突然倒下而狼狽的時候，沒抓穩這張紙片吧。因此媚撫子從封印解放，再度立體化。

在這種十萬火急的極限狀況現身。

而且，本應被書本活埋，被書架埋葬的我，獲得媚撫子的搭救。她把自己當成伸縮桿救了我。

「啊啊真是的，我好遜喔……居然這麼拚命。我在搞什麼啊？」

「…………」

對於嘴裡這麼說，卻依然維持這個姿勢撐著的媚撫子，我不可能開得了口。

她是怪異。她確實是式神，是怪異。

不過，她不像斧乃木、小忍或神撫子那樣擁有超人的力氣。

我沒有把她畫成這樣。

這份交際能力才是本分，臂力則是不如普通的女國中生。比起因為家裡蹲生活而虛弱至極的今撫子，只算是稍微好一點的她，現在正像這樣獨自支撐巨大的書架。

書架本身的重量也很可觀，不過即使這一側的書全部掉落，另一側的書應該依然塞得滿滿的，總重量應該輕鬆超過一噸。

這樣不輕鬆吧？

「呵呵……今撫子，可以的話，如果妳能趕快從那個空間撥開書本鑽出去，我會很感謝的。我真的這麼想。沒騙妳啦。我從來沒有拚命過，所以已經達到極限了。」

「啊，啊，嗯……」

至少，如果是逆撫子……

如果是解除肌力限制器的逆撫子，就算這個書架倒塌也撐得住吧。

但我叫出的是媚撫子。既然無法一次控制兩具式神，就不可能換人。

將媚撫子封印回去的瞬間，還沒接著叫出逆撫子，我這個術士就會被書架壓扁。我無法做任何事。也無法為她做任何事。

啪嘰啪嘰。

軋轢的聲音，已經不是從書架傳來的。

「為……為什麼要救我？」

「天曉得。大概是因為不爽吧？」

我不明就裡詢問，得到這樣的回應。啊啊，不過，是的。

並不是我這次已經可以使喚式神。媚撫子在這種狀況被叫出來，也只能逼不得已連忙撐住倒下的書架。

「抱……抱歉，對不起，都是因為我……」

都是因為我不成熟。

因為自己能力不足，所以無法按照想像畫出原稿的角色……類似這種時候的罪惡感苛責著我，但是媚撫子高聲說：「沒關係啦！不用道歉啦！」

她的語氣始終開朗。

「相對的，下次要畫得更可愛喔。下次要讓我穿這種衣服。啊啊對了，這雙鞋子就是很好的例子，今撫子，妳鞋子畫得不夠精細。該不會已經習慣最後才畫吧？妳老是穿那種涼鞋，所以沒在腳下多用點心。下次要讓我穿搭配服裝的鞋子喔。說定了。」

「……嗯。說定了。」

我只擠得出這句話。

我東撞西撞，像是在地上堆積的書海游泳，從巨大書架下方鑽出來。千鈞一髮。在我鑽出來的瞬間，不，左腳踝還沒抽出來的這時候，維持四十五度斜角姿勢的書架，像是從一開始就沒有支撐，完全倒塌變形。

書架因為自身的重量而摔得失去原形。

散落在下方的大量書本，也已經是再也無法閱讀的狀態吧。倒在底下的女生更不用說。

肯定會整個被壓扁吧。

如同一張紙。

「說定了……我一定會幫妳重畫。」

下次，不會讓妳是空殼。

會將我的憧憬誠實投射在妳身上。

我一邊下定決心，一邊抽出夾住的腳。精裝書成為緩衝，所以我意外輕易地抽出腳。相較之下，一開始全身遭受的書本雪崩造成莫大的打擊。

我抱持像是祈禱的心情起身。

多虧媚撫子，我好不容易撿回一條命，但是我可能受到無法挽救、不得不脫離戰線的傷害。

如果這時候站不起來，我就輸了。

但願站得起來。

就像是即使骨折，我的意志也不會受挫。

站起來了。雖然不太穩，但我站起來了。

然而，我實在無法因而抱持希望。因為從書架底下鑽出來之後，我重新親眼看見早就知道的絕望光景。

經常光顧的書店一樓所有書架倒塌，這幅光景就是如此值得絕望。

書本像是洪水氾濫，書架在上方變形堆疊。實在無法想像這種鬼哭神號的模樣可以復原。

究竟有幾萬本的書犧牲？

神撫子只為了除掉我就做到這種程度嗎？立志將來成為出版業界人士的我，不忍正視這樣的光景。

不同於看見斧乃木四分五裂的那個時候，是另一種切身之痛……對了，斧乃木呢？

「斧乃木小妹！」

「這邊。」

聲音來自書架全部崩塌之後，視野變得遼闊的樓層對角線——通往二樓的階梯轉角處。

看來因為位於那裡，所以斧乃木迴避了書架的波狀攻擊。與其說她幸運，應該說神撫子鎖定的目標始終不是斧乃木，而是我一人吧。但是不管是誰，只要礙事，她當然都不會手下留情。

斧乃木像是避免踩到書，輕盈踏著腳步往我這裡接近。

「我正在頭痛該怎麼找妳。就我看來，撫公，妳啟動了式神嗎？」

「嗯……我用掉媚撫子了。用壞了。」

在消沉心情的折磨之下，我向斧乃木說明事情經過。

「這樣啊。總之，我也犯下相同的失敗，所以不能責備妳。而且就算要妳別在意，就妳聽來也只是安慰吧，不過保護主人是式神的本願。媚撫子盡了為妳代勞的職責。式神的我這麼說了，所以準沒錯。」

斧乃木這麼說。

聽起來確實只是安慰，但我也因而獲得安慰。

「而且，媚撫子並不是一個人倒下……聽妳的說明，當成誘餌的乖撫子也一起被壓扁了。」

「啊！」

說得也是。

受到攻擊的我，冒失地沒注意到那邊的千石撫子，不過既然整層樓的書架一口氣在那個時間點倒塌，站著看書的乖撫子也不可能全身而退。

校泳撫子。

站著看書，也就是雙手沒空的她，當時應該無計可施吧。

就在那附近，在那片書海溺水了吧。

被大量的靈異書籍壓垮，像是紙片一樣扁掉了吧。

無法相信。不願相信。

明明是神，卻不願相信。

神撫子為了壓扁我，將乖撫子當成棄子。不只是當成誘餌那麼簡單。

若說我將媚撫子用到壞掉，神撫子就是將乖撫子用完就丟。

「…………」

兩者或許沒什麼差別。

或許我是將自己的所作所為放在一旁，進一步來說，或許我只是想把這份將媚撫子那樣使用的罪惡感，盡可能怪到對方頭上。

畢竟到頭來，神撫子、媚撫子與乖撫子都是我的式神，那麼這一切或許是我一個人在唱獨角戲。

不過，包括這一切在內，我還是忍不住感到憤怒。

如今，即使我擁有媚撫子的交際能力，我也完全不認為能讓事情和平收場。

「這麼一來，千石撫子的人數差距就是這邊二，那邊一，是二對一。真要說的話是按照計畫進行。神撫子還在二樓。在她察覺大費周章的陷阱沒解決我們而逃走之前，趕快做個了斷吧。」

斧乃木貫徹專家立場的冷靜聲音，也實在無法讓現在的我降溫。

025

既然乖撫子已經壓扁，她身為式神的技能「從怕生衍生的驅人結界」，應該也正逐漸失效。

所以，必須盡快解決這場私人騷動，否則店員或顧客何時來這裡都不奇怪。

不忍卒睹的這副慘狀一旦被看見，可能會誤解身處青春期而累積龐大壓力的我在店內極盡暴虐之能事。不，這不是誤解，是極為正確的理解，只是過程全部省略了。

因為我沒能控制式神，造成這間書店莫大的損害。我想到這裡就頭暈目眩。這份責任，我實在承受不了。

「不，暴動到這種程度，沒人會認為這是妳這個女國中生一個人幹的，也沒人會認為光靠一個人做得到這種事。說來遺憾，妳的這份罪惡感無法依照法律贖罪。如果妳覺得對不起這間店，妳就在將來成為偉大的漫畫家，在這間店開簽名會吧。」

說得也是。

必須成為相當熱門的漫畫家，否則無望償還這筆債……已經不只是國中畢業之後非得出社會工作這麼簡單了。

格局有增無減。

我一邊注意別踩到地板散落的書本，一邊沿著斧乃木走過來的路，和斧乃木一起走到通往二樓的階梯。

到這裡就已經費了好一番工夫。

上二樓和神撫子對峙的時候，至少別弄倒書架或傷到書本……我一邊發誓，一邊走到階梯轉角處一個轉身，然後……

「…………」

然後我目睹的光景，是不同於一樓，就另一方面來說令我語塞的光景。

所有書架倒下，所有書本散落的一樓慘狀，就只能形容為絕望，不過二樓的慘狀只能形容為頹廢。

二樓——漫畫、繪本、童書區。

書架與書都維持平常的狀態，但是在這之前，二樓就不像一樓空無一人。

雖然這麼說，卻也不是有顧客或店員在場。擠滿整層樓，人數說不定達到一百的這些人，全部是我。

全部是千石撫子。而且是上半身赤裸加上燈籠褲，俗稱的「籠褲撫子」。

先不提名字，天底下沒有比這更俗氣的打扮，但總之打扮成這樣，垂下長長瀏海的撫子占據整層樓，大約一百人。

有的雙手遮胸物色漫畫，有的單手遮胸挑選繪本，有的完全露胸比較童書。

不，依照書店那邊的意圖，二樓選擇的應該是適合孩童的書籍，但我從階梯轉角處看見的這幅光景完全是限制級。

而且，書店這種文化場所被這樣的她們塞滿，悖德感極為強烈。

順帶一提，媚撫子指摘我沒用心設計的雙腳，穿的是體育館用鞋。大概是和校泳撫子穿沙灘鞋一樣，搭配燈籠褲選擇的鞋子吧。

雖然比赤腳好，但也只比赤腳好。

甚至可以說死掉比較好。

「…………」

我愣得連尖叫都叫不出來。

面無表情卻能言善辯的斧乃木也說不出話。

斧乃木居然不說話，這究竟是什麼狀況？

原來如此，我知道為什麼目擊籠褲撫子的證詞比校泳撫子多了。單純是因為有很多籠褲撫子。

沒什麼了不起的真相。

讓書架全部倒下的大規模陷阱是怎麼設置的？我原本抱持這個疑問，但是如果一百人合作，規模再大的陷阱也做得出來吧。

不過，是誰用什麼方法，量產這麼多的籠褲撫子？

在很早的階段，扇先生就建議我畫一百個撫子就好，斧乃木也說這個方案本身不差，不過肯定已經以「我這個外行人無法控制這麼多式神」這個理由結束這個話題才對。

「即使是專家，也很難控制一百具式神喔。除非是能使喚十萬條蛇的神。」

「……可是，就算這樣，要把一個角色畫出一百個不同的版本……」

說到一半，我重新看向難以直視的二樓。

版本……沒有不同。

所有人都像是從同一個模子刻出來的乖撫子，是籠褲撫子。

「嗯。感覺應該是畫一張之後使用影印機。啊啊，原來有這一招。真是現代化。話說回來，光是式神使喚式神就夠驚人了，式神居然會製作式神……簡直破天荒。乖撫子是中立的基本型，我一直覺得她對整間大型書店使用『從怕生衍生的驅人結界』的技術也太高超了，但如果是一百人合作，我就能接受了。原本覺得必須盡快做個了結，以免其他人可能來到這裡，不過看來不必擔心這個了。」

斧乃木說。不，如果只看這部分，就是非常令人樂見的情勢，但是這份喜悅不足以抵銷「有一百個籠褲撫子」這個驚人現狀吧？

我得意忘形的判斷，害得一樓崩毀到慘不忍睹，我對此深感遺憾，卻沒想到必須遭受此等懲罰……

「說得也是。至今做了各種事，每次都以不同方式突破重重難關，不過現在真的可以確定了，只有這次的這一集真的不能改編成動畫。」

不，哎，這也是啦。

然而，貞操觀念或社會觀感這部分改天再思考（應該不會思考），即使眼前不是一百個乖撫子，也是相當嚴重的事態。

因為，原本以為只剩下一具的式神，一下子變成一百零一具。而且「一百個乖撫子」始終只是乍看之下的粗估，實際上可能更多。

不是二對一這種程度。

即使列入負責輔助的斧乃木，也是三對一百以上。這麼一來，這場對決完全無法成立吧？

既然神撫子有這麼多千石撫子當棋子，她或許也會想把一兩具當棄子用掉。

「妳說『對決完全無法成立』也太誇張了……事態沒這麼悲觀。雖然人數處於壓倒性的不利，不過對方因為人數多，肯定無法對一百具式神逐一做出細膩的指示。即使神撫子再怎麼神力無邊也一樣。」

「…………」

是這樣嗎？

確實，就我看來（這幅光景噁心到光看就耗損體力），從這一百具籠褲撫子的動作，完全感覺不到明確的意志。

該說是心不在焉，還是眼神空洞……總覺得拿起書的動作也很慢。

我體力變差，身體疲累，各處都在痛，但是速度或許比那些籠褲撫子快。解除肉體驅動限制器的逆撫子更不用說。

如果將式神的意識形容為人工智慧，那麼這一百具籠褲撫子的動作，在人工智慧之中也屬於ＮＰＣ。

說不定，因為是沒有細部區別的量產型，所以有這種傾向。只不過，即使如此，一百這個人數依然是壓倒性的優勢。

數量之力。

攻擊力不用說，防禦力也是壓倒性的優勢。若要說擁有神明技能的神撫子唯一害怕的東西，就是我擁有封印她的手段。

只要接近到伸手可及的距離，以素描簿的一張空白頁夾下去，無論是神還是蛇，都能二話不說順利抓住。反過來說，神撫子只要避免這唯一的演變就好。

因此打造出這樣的人數差距。

換言之，就是媚撫子架設過的「人牆」。

我早就猜到神撫子會以這種方式利用乖撫子，卻沒想到她為了架設這道牆，準備了多達百人的千石撫子。而且，不同於媚撫子架設的「人牆」，既然同樣是撫子，神撫子就可以混入其中。

不是以書架藏身，而是以一百個籠褲撫子藏身，那我只能舉雙手投降吧？在雙手遮胸的她們面前舉雙手投降，真諷刺。

「喂喂喂，撫公，妳該不會忘了吧？」

我在各方面以不同角度絕望時，斧乃木這麼說。

「即使神撫子混入這麼一大群人裡，我的手也抓在那傢伙的背後。雖然不是遮胸部，卻是緊抓住背後。所以神撫子無論用什麼方式躲在哪裡，我們至少也知道方向。而且重要的是神撫子還沒察覺這一點。」

「…………」

原來如此。這個優勢確實很大。

確實巨大。

雖然稱不上和絕望差不多大，但確實巨大。

只不過，即使大致估算得到神撫子藏身的位置，要怎麼突破一百個籠褌撫子接近過去依然是問題……

「……可是，既然在一樓發動那種陷阱，神撫子應該察覺我們來了吧？」

「應該吧。剛才發出那麼響亮的聲音。」

但是一百個籠褌撫子沒反應，看來斧乃木猜得沒錯，神撫子無法對她們下達細部指令。

應該說，神撫子應該正在進行圍城作戰。

她傾向於選擇這個戰略，果然因為她的母體是我這個家裡蹲，我應該抱著自省的念頭這麼認定嗎……看來對方沒有主動攻擊的意願。

放誘餌，設陷阱，就這麼沒露面發動攻擊。若要評定這種做法像是蛇，或許有點過於自嘲。

不過如果眼前有一百個半裸的自己，任何人都會變得厭世吧。

是沒錯啦，對於漫畫愛好者來說，窩在漫畫賣場是一種夢想。

不過，這是我想自己實現的夢。

「對方也肯定不是老神在在。已經沒有隱藏誘餌或陷阱的餘力。一百個千石撫子不是原本的制服外型，而是那種不堪入目的模樣，也只是在妳闖進來的時候削減妳鬥志的苦肉計吧。所以，要是在此時此地進攻，神撫子也沒有更多的計策可行了。」

「…………」

這也始終僅止於推測……不過，我們這邊也沒有重新來過的餘力。

而且若是如此，我的鬥志已經按照她的計畫重挫，即使如此，即使她讓我看見這種天方夜譚般的光景，我想教訓神撫子幾句的這份想法也完全沒消除。就算斧乃木建議我們死心離開，我也會獨自留在這裡吧。

這是為了剛才保護我而盡責壯烈犧牲的媚撫子，也是為了剛才被當成誘餌卻沒盡責就悽慘犧牲的乖撫子。

更是為了我的將來。

今撫子要和神撫子戰鬥。

「……不過，再怎麼說，也不能毫無計策魯莽強攻吧。斧乃木小妹，我們這邊有什麼計策嗎？」

「唔～～並不是沒有啦。」

聽到我這麼問，斧乃木答得支支吾吾。不，語氣本身一如往常平淡，不過看她這時候才在想方法，我就如實感覺她不是很積極。

「阿良良木月火害我藏不住延續至今的不順，加上我身上到處都剛接好，右手又是泥土，所以與其由我想方法，我更希望這時候由妳負責擬定戰略。」

「由……由我？不，可是……我也在剛才嚴重失誤……」

不知道為什麼，不只是現在，斧乃木總是想讓我負責對付式神。

這麼一來，剛開始發現籠罩撫子的時候，她刻意沒當場使用「例外較多之規則」，而是要我放長線釣大魚，我猜也是因為她希望後來由我親自做個了斷。

人只能自己救自己——自助努力。

「我當然還是會給意見喔。為了盡量提高實現性與成功率，我會以專家的角度幫妳微調。講到什麼就儘管說出來聽聽吧。」

「……知道了。我想想看。」

如果是以往的我，在這個場面絕對會拒絕。

直到昨天的我是如此。

不過，今天的我，現在的我是這麼回應的。

「我會努力。但可能比不上以前火炎姊妹的參謀月火就是了。」

「如果達到那傢伙的程度，妳還是什麼都別做吧。」

她對月火始終這麼惡毒。

那麼，就以漫畫家預備軍的立場思考吧。
和對付逆撫子那時候一樣，消除現實與妄想的區別吧。這次是主動消除。
畢竟說來離奇，舞臺是漫畫賣場。
要想出無視於現實，像是戰鬥漫畫的戰略。
我已經和畫出神撫子那時候的我不一樣了，得展現這一點才行。
「……妳的『例外較多之規則』，我可以當成戰力吧？」
「僅限一次就可以。無論是哪種形式，都不可能使用兩次。」
「封印神撫子之後，一百具籠褲撫子還會繼續動嗎？還是說只要打倒首領，也可以一起封印她的手下？」
「雖然要試過才知道，不過應該是後者。所以極端來說，只要殺掉妳，所有撫子都會消滅。」
「太極端了啦……不要斬草除根好嗎？唔～～那麼……」
剛才放回口袋，夾入逆撫子的那張紙，我再度拿出來。此外也拿出另一張空白的紙片。這是為了抓住神撫子與乖撫子而預先準備的。
「……逆撫子的髮型，記得是被月火一刀剪短，對於當事人來說完全不樂見的髮型對吧？」
「嗯？是啊，妳為各個千石撫子畫出差別的那時候就說過。」

「既然這樣……」

斧乃木一副「這又怎麼了?」的模樣，我向她說明一個異想天開的點子。

「既然這樣，我乾脆幫她修得更短吧。修到和我差不多的程度。」

026

「『例外較多之規則』——我以招牌表情這麼說。啊，糟糕，我說了。」

我好像聽到不能當成沒聽到的失言，但是不提這個，斧乃木突然朝著二樓內部使用必殺絕招。

毫不保留。

一開始就打出王牌，完全違背原則的這種構想充滿外行人的味道，不過斧乃木為我謹慎執行了這個戰略。

目標當然已經鎖定。

即使不願意也會進入視野的一百具籠褲撫子，斧乃木之所以能夠忽略，應該是切離情感的人偶怪異特有的優勢吧。而且，無論想逃還是想躲，由於她的右手抓著目標的背，能藉此確定所在位置的方向，所以斧乃木可以朝該處使出「例外較多之規則」。

雖然不是慣用手，但她讓左手食指膨脹，像是火箭砲一樣射向依然罩著神祕面紗沒現身的神撫子。

要是這招能定江山當然最好，但是沒這麼簡單吧。即使沒察覺背上的右手，對方肯定也已經掌握到，先前在北白蛇神社肢解的斧乃木沒有歸西。因此，神撫子不可能沒提防「例外較多之規則」這張王牌。

也是因此架設「撫子牆」吧。

只不過，就算籠褲撫子有一百人甚至一千人，面對「例外較多之規則」也無法充數。她們沒有普通人以上的強度，這招肯定可以一股腦兒將她們同時打飛。

就像是穿破紙門……不，穿破影印紙般簡單嗎？

如果神撫子量產的是一百人（一百張）神撫子，我們終究應付不來吧。只能向臥煙小姐求助吧。

但是神撫子做不到。因為一個神撫子不可能控制得了一百個神撫子。所以這些撫子始終是當成障眼法，當成誘餌的籠褲撫子。

是ＮＰＣ。

基於這層意義，真正發揮牆壁功能的，不是無論如何都引人注目的籠褲撫子們，反倒是排列在這層樓的厚重書架，以及塞滿書架的書本吧。

因此，我希望斧乃木打掉的目標，與其說是動作緩慢的籠褲撫子們，應該說是這些書架。

將來要成為大紅大紫的漫畫家，幫這間書店加蓋到三樓。我一邊這麼發誓，一邊擬定這個作戰。將書架連同籠褲撫子們打飛，打通直達神撫子的最短距離。

換句話說，我希望斧乃木使用「例外較多之規則」進行道路工程。一樓書架因為神撫子設下陷阱而崩塌時發出巨大的聲響，但我現在以二樓書架打飛的更響亮聲音當成BGM，在曾經是籠褲撫子的影印紙成為紙雪花飄散的另一側，果然看見了。

窺見了。

相見了。

頭上頂著十萬條白蛇的神撫子。

雖然「例外較多之規則」打飛大量書架、大量漫畫與大量籠褲撫子導致威力大打折扣，但是身穿純白連身裙打赤腳的她（是的，神撫子就是要赤腳，我是這麼畫的）即使直接被這招打中，依然像是毫髮無傷般露出陶醉、純真又無瑕的笑容。

露出神聖的笑容。

她是式神，也是神。

回想起自己不久之前也是「那個樣子」，我就在想。今天早上，她第一次顯現的時候，是在一陣混亂當中被她跑掉，所以這是第一次像這樣好好正面看她。

神撫子。

身為蛇神的千石撫子。

原來如此。

……說到難以直視的程度，神撫子更勝於籠褲撫子。她就是這麼神聖。或者說，即使沒有斧乃木的右手當印記，只要選對方法，應該還是可以找出躲在一百個籠褲撫子裡的她。

所以對於神撫子來說，光是讓我們像這樣用掉「例外較多之規則」，就值得她窩在這間書店，不枉費她製作一百個籠褲撫子吧。她或許認為我完全中了她的計。

實際上，有傷在身的斧乃木無法承受自己使用必殺絕招的反作用力，向後震到階梯轉角處，不只如此，這股衝擊也使得臨時接上的泥製右手一下子脫落。雖然斧乃木剛才那麼說，不過以她的身體狀況，「例外較多之規則」其實連一次都無法使用吧。

「呼呼呼。」

她這麼笑。

「呼呼呼呼。」

她這麼笑。

「呼呼呼呼呼。」

她這麼笑。

「呼呼。」

她這麼笑。

神撫子詭異地笑到幾乎要引發完形崩壞，看來完全無法溝通，不過就算這麼說，我也不能不面對。即使是神明，也有該做與不該做的事情。

我身為昔日的她，身為創造她的畫家，必須教導神撫子這個道理。我知道自己沒這個資格，但我認為應該有這個義務。

應該有努力的義務。

「呼呼呼噗噗噗噗噗噗噗噗噗噗噗噗噗噗噗噗噗噗噗噗噗噗噗噗噗噗噗噗噗噗噗噗噗噗撲殺妳喔♪」

神明如是說。

027

兩名千石撫子和這樣的神對峙。

今撫子，還有逆撫子。

式神的逆撫子。

這個式神曾經說她不想工作，揮著雕刻刀要把我開膛破肚，所以從封印解脫的她如果再度捅向我，是可以輕易預測同時最須擔憂的演變，但她爽快答應協助的態度甚至令我覺得掃興。

與其說她認同我這個作畫者兼使用者，應該說她似乎對神撫子抱持怒火。不對，抱持怒火的是我，逆撫子是將同樣的怒火直接體現到憨直的程度。

不只如此，逆撫子的憤怒說不定比我激烈得多。明明同為對等的式神，神撫子卻那樣對待乖撫子與媚撫子，她好像難以原諒這種行為。

所以，不只是協助，不只是被我使喚，逆撫子甚至也陪同進行我想到的這種作戰。

「……嗯？」

神撫子稍微蹙眉。大概以為自己眼花吧。

是的，面對她的兩名千石撫子確實是今撫子與逆撫子，但雙方的外表都是今撫子。

頭髮剪超短，穿著月火的衣服。

和衣服不搭的涼鞋。

角色設計完全重疊，絲毫無法區別。如同那一百名籠褲撫子（現在人數大幅減少，大概剩下四十人左右吧），像是照鏡子般一模一樣。

不用說，原本瀏海剪齊，身穿浴衣加木屐的逆撫子，我請她模仿我的外型。靈感當然來自媚撫子所說「下次要讓我穿這種衣服」這句話。

我提前讓逆撫子穿上了。

複製給她了。

讓別人無法分辨這兩個千石撫子。

我以這種方式「重畫」了。

「…………？？？」

神撫子明顯露出疑惑表情。

這正是貓狗照鏡子時的反應。不，在這個時候，正因為是這個時候，所以應該說蛇照鏡子的反應？

這是我自己的事，所以不能過於斷言，不過我成為神撫子那時候，原本就稱不上優秀的思考能力與判斷能力下降到極限。

如同回到幼兒時期。

大概是獲得自己匹配不上的強大神力，必須付出此等代價吧。所以，她在兩名千石撫子面前發生認知不協調症狀是理所當然。

回想起來，神撫子又是使用誘餌，又是量產籠褲撫子，這種不把同伴當同伴的戰法，與其說是卑鄙或奸詐，更像是原始型幼稚的象徵。但也沒因為這樣就可以原諒。

總而言之，雖然出乎預料，但是沒道理不趁著對方混亂時進攻。不知道誰是逆撫子，兩人成對的今撫子，同時快步向前跑。

全力跑向神撫子。

即使外型相同，解除限制器的逆撫子，如果是短跑應該也可能跑出匹敵神原小姐的速度，但是這麼一來，就會被發現跑得快的不是今撫子，所以我請她調整速度。

始終以左右對稱的方式行動。

請她成為分毫不差的今撫子。

所以，兩名千石撫子同樣拿著封印神撫子用的紙片。當然，封印式神始終要由作畫的我來進行。即使逆撫子漂亮地以那張白紙夾住神撫子，也沒有任何效果與意義。不過，封印是神撫子的致命傷，所以她一定要對這個幌子起反應。

應付跑過來的兩名千石撫子。

哪一邊是真的？哪一邊是對的？她將面臨究極的二選一。

「？？？………」

司令塔神撫子像這樣陷入混亂，所以倖存的籠褲撫子們也幾乎愣在原地。即使不是如此，身為量產型所以處理能力緩慢，無法接受細部命令的籠褲撫子們，看到今撫子雙人組沿著「例外較多之規則」開通的直線道路奔跑，應該也不會想到擋住路線阻止兩人前進吧。

「……算了，好麻煩。通殺吧。」

神撫子維持心不在焉的表情，像是當成最精明的解答般輕聲這麼說。

有如思考到乏味所以放棄，有如混亂到厭煩所以替換，她輕聲說完的時候，雙手已經握著巨大的蛇牙。

握著毒牙。將斧乃木大卸八塊的牙。

它的銳利，它的凶厄，它的惡毒，雕刻刀恐怕沒得比。

神撫子毫不猶豫，沒有激動，甚至也沒有敵意，像是幼兒踩扁螞蟻，像是女國中生切碎蛇……

「一隻，兩隻。」

它說完。揮出左右兩根毒牙。

自暴自棄地扔出去。

像是表達「只要天真可愛，有什麼不可以」隨意射出的尖銳蛇牙，果然輕易貫穿兩名千石撫子。

和逆撫子瞄準我肚子那時候不同，神撫子射出的兩把槍，貫穿無法藏白紙的臉部，就像是要確實一次解決。

神撫子左手邊假扮成今撫子的逆撫子，化為紙雪花飛散。

神撫子右手邊真的是今撫子的今撫子，也同樣化為紙雪花飛散。

「咦？咦咦咦咦咦咦咦？」

「沒錯。簡單來說，兩個都是假的。」

我這麼說。

神撫子將注意力集中在前方時，我終於來到她的正後方，將她夾入白紙。

降伏。

就這樣，神撫子留下斧乃木的右手，從三次元消滅。約四十名倖免於難的籠褲撫子們，也同時變回普通的輕飄飄紙張。

所以，接下來，在武士們留下的夢痕中，只剩下打扮成和一百名籠褲撫子相同外型混入其中的千石撫子。

換句話說，只剩下我一個人佇立在原地。

我的天啊，明明光是聽聞就很難受，最後卻在相隔一年的現在，親自展露這種見不得人的模樣。

受不了，這世界真的沒有神也沒有佛。

028

戲法的謎底揭曉。

我想各位大致猜得到，就算這麼說也不能完全沒解說，所以我簡短說明。

總歸來說，既然神撫子將一百名籠褲撫子當成式神配置在整層樓，建造一面「撫子牆」，那麼這邊也混入這一百人之中吧。這就是我的想法。不，最初想到的點子真的單純只有這樣，其他都是後續補上的。

要混入媚撫子以同班同學建立的「人牆」，雖然不到不可能的程度，對於缺乏社交性的我來說也非常困難，不過如果是「撫子牆」，對於千石撫子我來說，應該不是那麼難以融入的團體吧。

只要打扮成相同的模樣，就可以在神撫子沒察覺的狀況下接近過去，無論是從背後還是哪裡，可以幾乎冷不防將她夾進紙片。

燈籠褲與體育館用鞋，我是畫出來將其立體化。要將燈籠褲畫得出神入化，是需要不少幹勁的工作，這部分我效法神原小姐，連布料縫線都畫得很精細。

當然，體育館用鞋也沒有偷工減料。

「簡直是前刃下心使用的物質創造能力。」

斧乃木說出這句評語，總之，既然不是式神本身的雕刻刀也能封印在紙裡，反過來或許也可行。我的思考流程就是這麼簡單。以最壞的狀況來說，必須想辦法抓到一個籠褲撫子，搶她的衣服來穿，幸好不必這麼做。

幾乎等於沒穿了，還要搶走剩下的衣物，這也太壞了。

一百名籠褲撫子是以乖撫子為底，所以都是垂下瀏海的髮型，但我判斷就算頂著短髮混進去也不成問題。打扮成這種震撼的模樣，髮型會變得無關緊要，這是我和育姊姊交談時的親身體驗。

但是我當然繞了樓層一大圈，依照情況還要蹲下，比神撫子更像蛇一樣匍匐前進，行動有點偷偷摸摸的。

只不過，說來當然，不需要找斧乃木判斷，我也知道作戰光是這樣還不夠。混入籠褲撫子群的方案本身，我自己也認為不差，但是為了實行這個作戰，應該需要進行另一個假作戰來掩飾。

從神撫子採取圍城作戰就知道，她肯定相當提防我偷偷接近。我是神明的那段時期並未有效活用，不過蛇有一種類似熱顯像儀的知覺器官「頰窩」，所以我如果要藏匿行蹤，必須找人在這段期間吸引神撫子的注意力。
在這個場合，吸引注意力的人選就是逆撫子吧。不過即使重畫服裝與髮型，讓逆撫子喬裝成我，要是這樣的她毫無計畫就衝進二樓也太可疑了。
所以，我變更逆撫子的設計之後再度啟動，並且畫出燈籠褲與體育館用鞋將其立體化，接著又「設計」一個今撫子將其立體化。
是的。
同時啟動兩具式神。
斧乃木曾經百般叮嚀不能這麼做，絕對不准這麼做。進一步來說，她也提醒我一定要讓式神和本人有所區別，之前就有式神取代本尊的案例。
這些可貴的忠告，我並沒有當成耳邊風。
只不過，實際看見神撫子啟動一百名籠褲撫子，我就想到「這個方法」或許可行。換句話說，雖然我能使喚的式神只限於逆撫子一具，但是既然這樣，就讓這個逆撫子也使喚一具式神吧。
也就是式神的式神。
如果我對於神撫子的私憤與義憤能讓我體內沉眠的力量覺醒是最好的，但是很可惜沒有這種打動人心的進展，所以我拚命為這種做法進行合理的解釋。
以繪畫天分來說，逆撫子到頭來同樣是我，所以肯定也能製作式神。即使要像神撫子同時使喚一百具是強人所難，但若只是一具今撫子，她肯定也能操作。

話是這麼說，實際試過就發現沒那麼順利，逆撫子畫的今撫子，就像是量產型的籠褲撫子，是只能接收單純命令，近似ＮＰＣ的式神。

是腦袋放空的我。

或許問題不在數量，在於式神製作式神一定會變成這樣。這方面斧乃木也不知道答案，今後會持續研究。斧乃木自己也是式神，所以她也有自己的想法吧。

不提這個，先試著下達單純的指令。

比方說，「跑步」怎麼樣？

所以，我讓她們跑步。

打扮成今撫子的逆撫子，以及身為逆撫子式神的今撫子（式神版），我決定讓她們並肩跑向神撫子。

為此必須打造一條筆直跑道，這工作我交給斧乃木的「例外較多之規則」。再說一次，如果「例外較多之規則」能打倒神撫子，就是最好的結果。

不枉費我拚命思考到腦袋幾乎要爆炸，這個點子乍看之下進行兩三層安全措施，像是勝算很高的點子，而且老實說，雖然並不是沒像這樣自負過，不過從結果來看，事情沒想像得那麼順利。

完全不行。

要說作戰成功實在太牽強。不，並不是說為了封印神撫子，非得用那種服裝包裹身體。何況幾乎沒包到。

依照我的計畫，我肯定能在逆撫子與今撫子（式神版）被擊退之前，就成功抓到神撫子。她像那樣射出毒牙槍，是我預料之外的攻擊。

繼媚撫子之後，我再度犧牲式神。

而且還兩具。

我剛開始擬定計畫的時候，就考慮到犧牲她們的可能性，所以這麼看來，我和神撫子真的是同類。

這兩個幌子，同時也是兩個誘餌。到頭來，那個我也是這個我所造就的。

「但我認為妳和神撫子有明確的差異……如果認為妳們是同樣的千石撫子，與其說這個判斷是錯的，應該說這個判斷很奇怪吧。」

在階梯轉角處，斧乃木維持伸直雙腿的坐姿聽完報告，給我這樣的評價。

這或許也是一種安慰。只不過，不只是泥製的右手腕脫落，全身接合的部位好像也在摔到轉角處的時候歪掉，必須再度修復。我不確定這樣的斧乃木是否有餘力安慰我。

我從神撫子背後回收的斧乃木右手腕，總之先用力按在傷口使其癒合。

感覺我治療人偶怪異的手法已經完全熟練，不過可以的話，我希望再也沒有這種機會。光是斧乃木落得這種狀況，我的計畫多麼脆弱又漏洞百出，真的是一目了然。

「冒最大風險的是妳。肯定沒錯。無論是我、逆撫子還是今撫子的式神版，明明都是製造出來的式神，有血有肉的妳卻扛下最危險的工作……光是這樣，就足以讓我誇獎妳幾句了。妳從待在安全圈的神撫子搖身一變。再也不是那時候的妳了。」

斧乃木這麼說。對我這麼說。

再也不是那時候的妳了。

我從來沒聽過這麼令我開心的話語，但這同時也是令我非常悲傷的話語。

「我不會叫妳接受喔。我這傢伙這麼隨便，要是妳輕易接受我講的話，我也很頭大。總之，如果想供養那些替身式神，妳把這些經驗、這份心情畫下來好好留存就行吧？」

「畫下來……」

留存……嗎？

成為畫作，成為作品，成為回憶，留存下來。

一點都沒錯。這是唯一的方法。

我唯一能做的事。我唯一做得到的補償。

有我能做的事，真是太好了。

「自己畫的角色很可愛，所以不希望這個角色吃任何苦……這種傢伙當不成漫畫家吧？任憑角色擅自行動也無妨，不過有時候也需要給予相應的考驗或適合的末路。不提這個，撫公……」

連急救都稱不上的修復工作剛好結束，斧乃木讓久違重返的右手開開合合，同時依序看向書店的二樓與一樓。

「『從怕生衍生的驅人結界』，如今真的從這棟建築物解除了。妳最好離開這裡。」

「咦……那麼斧乃木小妹，妳也一起吧。」

「不，我要處理這邊的善後工作。因為我是專家。散亂到這種程度，竭盡暴虐之能事到這種程度，可不能毫不收拾就逃走。啊啊，妳不用幫忙喔。既然神撫子的事件已經做個了斷，即使聯絡臥煙小姐或姊姊應該也沒問題了。接下來現實的勞動工作，是只屬於專家的領域。坦白說，妳派不上用場了。」

嘴裡講得像是嚴厲趕人，但斧乃木很明顯是要以專家身分扛起所有責任。

代替無法負起責任的我——有如式神。

有如朋友。

光是受到這孩子此等照顧，我就覺得能夠和月火重逢真是太好了。不，雖然講得好像很感人，但是對於衣服被擅自借走的月火來說，這種說法很過分。

總覺得事到如今，我的待遇就像是某個世界的地濃鑿小姐，不過月火願意再度和這樣的我打交道，至今也繼續關心我，我打從心底尊敬她。

這不是謊言喔。

「正因如此，妳就去派得上用場的地方吧，撫公。」

千石撫子。

妳有一個非去不可的場所吧？

斧乃木停頓片刻之後這麼說。

「嗯，有。」

聽完，我點頭回應。

是的。事件其實還沒結束。

029

我換回月火的衣服，才走出書店，一輛車就停在我面前。一百人聯手設下的「從怕生衍生的驅人結界」這麼早就失效？

我如此心想，但我錯了。從駕駛座下車的人，是身穿立領學生服的扇先生。

「嗨，千石小妹，要上車嗎？」

「………」

高二學生穿著立領學生服開車！

這個人是玩真的嗎？

光是今天就犯下大大小小各種違法行為的我這麼說也不太對，不過這個人為什麼做這種事？

「因為妳想想，妳借走我的腳踏車啊。我不是說過會另外準備代步工具嗎？不過，這輛車也是借來的。」

「講得好像是我害的……」

不，是我害的。

回想起來，我也為扇先生添了麻煩。

……添了麻煩嗎？

這個人只是主動參與這個事件吧？

那麼，在這個人的面前，怕生或驅人當然都沒意義。

「不過，算了。都到了這個節骨眼，請讓我上車吧。我在趕路。」

「哈哈！這樣就對了。不然要不要妳來開車？反正是借來的，撞到東西也沒關係喔。」

好誇張的想法。

不過，明明向扇先生借ＢＭＸ，卻完全忘記還扔在別人家的我，同樣沒道理講這種話。

我終究婉拒駕駛，坐進副駕駛座。

「那個，我要去……」

「放心，我知道。和妳分開之後，我到處尋找只穿一條燈籠褲的女國中生，可不只是做個樣子。」

就算只是做個樣子，也希望你別做這種行為。

上午，聽到神原小姐的目擊證詞之後，我們就分頭沿著證詞去找，不過從後來的進展來看，很難想像扇先生找到任何一個籠褲撫子……

其實這個人跑去哪裡做什麼了？

「扇先生……扇先生，您知道什麼嗎？」

「我一無所知喔。知道的是妳，千石小妹。」

扇先生說完，猛踩福斯的油門起步。

知道的是我。

他說得沒錯。我從一開始就知道了。

但是，我一直誤會了。

斷定至今，誤解至今。

明明知道得一清二楚，我卻一直假裝不知道。不過到最後，這和我去年做的事情沒有兩樣。

既然斧乃木說我「已經不是那時候的妳」，那我就不能把這種誤會，這種斷定，這種誤解置之不理。

「忍野咩咩先生以前……說我是『被害者』。」

「嗯？忍野咩咩先生是誰？」

「……是您的叔叔。」

「啊啊，對喔，我都忘了。所以呢？」

「嗯。實際上，我認為一點都沒錯。不過，那時候的我，也確實以『被害者』的身分讓自己舒服度日。」

被喜歡。被憎恨。被討厭。被詛咒。

全都是被動語態，沒有主動做任何事。原來如此，確實是被害者。

以害為被子裹身。沒想過負起任何責任。

「不過，我敢說那時候不想被人喜歡嗎？敢說那時候沒做被人憎恨的事嗎？敢說那時候沒做被人討厭的事嗎？敢說那時候沒做被人詛咒的事嗎？」

「哈哈！我完全聽不懂妳在說什麼。這是怎樣？妳的意思是說，從對方的立場來看，原因在妳身上嗎？被霸凌的一方也有錯？」

「不，我不是這個意思……」

我沒這麼說。

若要評定好壞，我也沒什麼值得稱讚的，但我認為對方做的事情壞透了。至今也難以原諒。

不過，我沒阻止當時喜歡我或是和我做朋友的人，做出這種壞透的事情。

明明好好說清楚或許就可以阻止，卻認為失敗的時候自己可能傷得更重，我因為疼愛自己，所以沒這麼做。

說穿了沒什麼。最寵我的人，最疼我的人，正是我自己。

一直扮演被害者的角色，讓周圍的所有人成為加害者。

「說得真是耐人尋味，而且也有哲學的味道。不過，這和現在有什麼關係？都是以前的事情吧？」

扇先生輕快打著方向盤這麼問。

「都是現在的事情。」

如果遇到臨檢，我要扔下這個人全力逃走……我一邊心想，一邊回答。

「製作出來的四具式神之中，這種『被害者』時代的千石撫子，也就是乖撫子，我隱約瞧不起她。反過來說，就是過度保護她。比起積極的媚撫子、情緒化的逆撫子、神祕的神撫子，我認為乖撫子是普通的千石撫子。」

所以，我從一開始就斬釘截鐵認為，她是被另外三個千石撫子恣意利用。

被媚撫子逼著換衣服。

被逆撫子搶走雕刻刀。

被神撫子當成誘餌使用。

我認定這一切都是因為她是「被害者」。如果可以這麼說，我甚至認為她被另外三人當成食物，覺得她很可憐。

覺得可憐——覺得她很可憐。

不過，

在書店二樓，要和神撫子做個了斷，我在階梯轉角處讓不可或缺的助力——逆撫子顯現時，逆撫子以照例的粗魯語氣這麼說。

「好啊，就幫妳吧。乖撫子主動借雕刻刀給老娘，神撫子卻把她當成遊街示眾那樣利用，老娘不會原諒那傢伙。啊啊？」

……憤怒的心情本身和我共通。

不過，某段話令我覺得怪怪的。

主動借雕刻刀？

依照逆撫子的個性，我一直以為她硬是從懦弱的乖撫子那裡搶走雕刻刀，不過聽她講得像是欠一份人情，這不就像是我向扇先生借ＢＭＸ那時候一樣，成立在雙方的同意之上嗎？

進一步來說，逆撫子借來的，或許不只是雕刻刀？在那個房間埋伏的點子，或許也同樣是借來的？

媚撫子剛才支撐倒下的書架時，我問「為什麼要救我」，她是這麼回答的。

「天曉得。大概是因為不爽吧？」

當時，我認為她不爽的對象肯定是我。但是，如果不是這樣，如果她不爽的對象，是那時候當誘餌的籠褲撫子——乖撫子的話，這又如何呢？

這又如何呢？

或者說，如果換衣服不是媚撫子要求的，而是乖撫子提出的，這又如何呢？

今天是上學日。穿制服的女生，光是在街上閒晃就很顯眼。實際上，首先被發現的就是穿制服的媚撫子，她把自己趕進名為國中的死胡同。

第一個被抓到，使得媚撫子察覺真正成為誘餌的是自己，正因如此，媚撫子才會協助我，當成自己竭盡所能的抵抗。那麼神撫子呢？

一貫將乖撫子當成誘餌利用的她，感覺是整個事件的幕後黑手，不過那個幼稚的神明會那麼聰明嗎？

她的智商下降很多，說不定比我當神明那時候還缺乏知性得多。

講起話來也是語無倫次。

完全不知道她想做什麼。

該不會是因為，那個神沒有想做的事，只是就這麼受人指使，受人慫恿，才會被拱出來吧？

被誰？

被她相信是誘餌的某人。

「四具式神之中，乖撫子最軟弱……不過，正因為她軟弱，所以毫不猶豫就敢利用強大的她們。」

就像我曾經把人生交給別人。乖撫子把戰鬥，甚至把逃跑都交給另外三人。

受到嬌生慣養是理所當然至極，不把依賴別人當成一回事……其中沒有惡意與策略，所以大家理所當然自發性地寵她。

另一方面，這也意味著她對於憎恨或詛咒過於遲鈍，無法理解自己被別人討厭，所以這也是她一直無法擺脫「被害者意識」的理由，卻也因此把任何摩擦都怪到對方頭上，從來不反省。

想一直當個被害者。

「妳想說乖撫子才是幕後黑手嗎？妳想說她才是大魔王嗎？哈哈！真是意外的凶手。」

扇先生打趣般說完笑了。

不過，這不是覺得這種事不可能發生的笑，是調侃我終於察覺這種事的笑。

「可是，假設真的是這樣，記得乖撫子不是已經被書架壓扁了？只是推測的話要多少有多少，但是既然當事人都不在了，真相只在黑暗之中喔。不，以這個場合來說是在紙張之中？」

扇先生如此總結。真的像是把紙張揉成一團般總結。

然而，並非如此。

「被書架壓扁的籠褲撫子，不一定是真正的乖撫子。因為我只看見那孩子的背影。不，就算看正面也看不出來。如果那個籠褲撫子，也是神撫子量產的式神之一，那麼……」

「那麼？」

扇先生愉快地複誦。

看起來像是對答案的過程快樂得不得了。

「假設這個瞎猜的推理正中紅心，假設乖撫子除了『從怕生衍生的驅人結界』的技能，還擁有『從自我意識衍生的被害者意識』這個技能，這又如何呢？千石小妹，妳剛才說『完全不知道神撫子做了什麼』，不過乖撫子把神撫子當成傀儡操縱的理由是什麼？乖撫子把包括妳在內的千石撫子們耍得團團轉……」

像是魔性般耍得團團轉。

「究竟是想做什麼？果然是要取代妳這個本尊嗎？」

「以結果來說，想要取代我的只有神撫子。連這也是乖撫子誘導的……乖撫子想做的事情是爭取時間。」

「爭取時間？」

「是的。爭取時間做她『真正想做的事』。在媚撫子引人注目的時候，在逆撫子埋伏的時候，在神撫子圍城的時候，那孩子想做一件只有那孩子想做，只有她自己想做的事。」

其他式神們的企圖是否成功，我是否被取代，對於乖撫子來說都不重要。城鎮是否陷入恐慌也不重要。

只重視自己想做的事。

……就某方面來說，這個千石撫子比任何其他的千石撫子都像是千石撫子。

「不過，扇先生，既然您說知道我要去哪裡，那您其實已經知道了吧？知道乖撫子想做的事——至今也想做的事。」

「是啊。不過很抱歉，我不認為這是值得稱讚的事。」

他滿不在乎這麼說，不過我也同意。

「是的，這不是什麼值得稱讚的事。所以我要去阻止。否則這部物語不會結束。」

「哈哈！這不是很好嗎？之前以這種方式結束自己物語的前輩們，我知道很多位喔。神原學姊也在這段過程之中。好啦，我們到了。」

扇先生說完讓福斯減速，停在路肩。

哎呀，他開車意外地平穩，沒什麼開快車的印象，不過抵達的時間比我預料的早得多。

是抄了捷徑嗎？

詫異的我搖下車窗，觀看車外的風景。隔著人行道的另一側，是一棟像是古民宅的木造公寓，屋齡大概超過五十年吧。

入口寫著「民倉莊」。

……「民倉莊？」

我想想，「民倉莊」是……

「說到妳去年想做的事，沒做的事，就是殺掉情敵戰場原學姊吧？好啦，趕快跑過去，抱緊想要對那棟公寓點火的乖撫子吧！」

「…………」

我給他一個微笑。

竭盡所能，用盡全力給他一個微笑。

「完全不對啦，啊啊！不是這裡啦！這是哪裡啊？對公寓點火？哪個傢伙會做出這種事？你這小子把我們當成什麼人了？腦子這麼不靈光，憑什麼得意洋洋瀟灑登場？給我下車，老娘要撞你，不想被撞就立刻開車直奔直江津高中！直江津高中的正門前！」

030

直江津高中的正門前。

即將來到放學時間的這個場所，一名十四歲的少女獨自佇立。帽簷壓低，看著下方，身穿吊帶褲的少女。

腰部繫著腰包。

鞋子是適合爬山的登山鞋。

少女好像在等某人走出學校，又是觀察校內，又是看向設置在校舍外牆的大時鐘，一副靜不下心的樣子。雖然靜不下心，但她光是這樣就好像很快樂。在這裡等待某人，在這裡想念某人，好像讓她幸福得不得了。

……愚蠢。

不必由扇先生代為開口，她這樣很愚蠢。

我走向她。

「沒用的，乖撫子。」

我說。

不知道究竟多麼專注於等待，就像是直到我搭話都沒發現我接近，她——乖撫子「啊嗚！」高聲一叫。

然後慌張轉身。

「啊，啊，啊啊……」

藏不住內心的動搖。

不用看也知道，她長長瀏海後方的雙眼游移不定。我實在不覺得她是將三名千石撫子（包括我的話就是四名千石撫子）玩弄在股掌之間的魔性千石撫子。

雖然不覺得，不過既然她在這裡這麼做，就證明我瞎猜的推理命中紅心。

同時也證明乖撫子多麼愚蠢——證明我多麼愚蠢。

不過，我其實可以更早來這裡，可以更早來找她。在籠褲撫子與校泳撫子出現的時間點，或是想起昔日全力逃離羽川小姐那段往事的時間點，我肯定也能察覺這件事。

因為我記得自己曾經抱著這些衣服，一直在這個場所等待。對於千石撫子來說，這裡是不能遺漏的著名地點。

「沒用的。」

我再說一次。

「那個人，已經不在這裡了。」

我告訴她。

像是封鎖退路般，告訴她這件事。

「…………？」

乖撫子歪過腦袋，做出無法理解的動作。

不，應該不是無法理解，是不想理解。

媚撫子知道自己升了一個年級，但乖撫子至今依然身在去年六月之中。

拒絕成長，拒絕變化，拒絕進步。

不試著自己採取行動。

不試著開始，不試著結束。

不試著主動，也不試著推動。

就只是等待。一味地等待。

即使如此，我還是諄諄告誡這樣的她。雖然不應該由我來，但只能由我來。

「任何人都沒辦法永遠國二，沒辦法永遠十四歲。妳在這裡等待也沒用。在這裡等待也不行。」

不行。

我曾經這樣不行。

就算我這麼說，乖撫子這時候也毫無反應。不知道是果然聽不進去，還是多多少少感受到某些東西。

或許她把站在面前的我當成「阻礙」，將我對焦在瀏海，下意識封鎖我這個人。

她做得到這種事。

千石撫子就是這種女孩。

不成材的獨生女——不成材的一個女孩。

「這樣非常非常不行。妳再怎麼等，也沒人能夠幸福。妳再怎麼想念，也只會傷害大家。這還是最好的狀況。即使變得更加亂七八糟，也一點都不奇怪。所以，妳不能待在這裡——我不能待在這裡。這種程度的事，妳也是從一開始就很清楚吧？因為我很清楚。」

「……對不起。」

乖撫子忽然道歉。毫無脈絡可循。

「是撫子的錯。對不起。」

「…………」

她以為我在罵她嗎？

不對，不是這樣。

只是為了結束這個話題而道歉。

當成自己的錯，把自己塑造成被害者，趕快結束這些麻煩事，如此而已。真是令人煩躁。

為了讓自己無垢，無瑕，無知，這孩子究竟忽視了多少東西？

無論是說教、建言還是忠告，她全都當成耳邊風，走到這一步。

所以，該道歉的是我。

現在距離這麼近，只要我二話不說拿出素描簿的紙片夾下去，就可以輕易封印乖撫子。

既然在等人，乖撫子就不能使用「從怕生衍生的驅人結界」這個技能，在我隨時都能成為加害者的這個狀況，她使用「從自我意識衍生的被害者意識」這個壓箱寶也沒有意義。

可以輕易降伏。

不過，我做不到。我不做。

我不當加害者。也不是保護者。

我知道她在抗拒我，明白她在無視我，但我保持耐心，毫不死心，繼續面對乖撫子。

「聽我說。任何人都沒辦法永遠待在同樣的場所。國二學生做不到，高三學生做不到，神明做不到，吸血鬼也做不到。要是這麼做，會變成沒有任何人喔。就算妳永遠等下去，白馬王子也不會來迎接，玻璃舞鞋也不會送上門，就算妳假裝熟睡，也不會有人吻醒。所以，不要老是在這種地方等，回到大家那裡吧。因為大家都在等妳。」

媚撫子、逆撫子、神撫子，都在等妳自己採取行動。

「那麼……」

乖撫子果然還是完全不回應我的話語，

但她微微發抖，以細如蚊鳴的聲音詢問。

因為瀏海的關係，我當然看不見。

不過，聽聲音就知道她在哭泣。

不知道是在害怕我，還是在害怕未來。

她任憑情感的驅使流淚哭泣。

而且毫不掩飾。

「那麼，已經……不喜歡了嗎？」

含淚的詢問。

這個問題過於樸實，我措手不及。

「明明這麼喜歡。明明光是等待都好快樂。明明光是想念就好幸福。明明別無所求。可是已經不喜歡了嗎？已經想不起來了嗎？膩了？忘了？不重要了？不在了？是這麼乏味的未來嗎？撫子成為這種大人了嗎？」

「…………」

我可以放話說她這樣很幼稚，只是愛上戀愛的感覺。可以教導說她只是怕生又不經世事，才會崇拜身邊的人。也可以說明這和長大之後要和爸爸結婚沒什麼兩樣，重逢不是命中註定，只要住得近就是正常會發生的事。

如果是月火就會這麼做。

她對我這麼做過。

我可以矇騙她說戀愛不是一切，雖然妳說別無所求，但人生除了男歡女愛，還有許多美妙的事物。可以誆騙她說人生的目標不是讓自己幸福。也可以欺騙她說只要活下去遲早會發生好事。

如果是貝木先生就會這麼做。

他對我這麼做過。

「乖撫子，我……」

但是，我沒這麼做。

因為到頭來，這都不是我的話語。

所以說到我能做的，就是和逆撫子一樣情緒化，和神撫子一樣說出莫名其妙的事情，和媚撫子一樣做出約定。

「我和妳約定。」

我用力抱住乖撫子。

像是臉貼臉般親密緊貼，任憑她的淚水沾溼自己，緊抱入懷。

如今我再怎麼努力，都沒辦法像這樣哭泣，正因如此，乖撫子有如代替徹底改變的我，為我哭泣。

這就是我由衷的願望吧。

「我和妳約定，我將會再度喜歡某人。我不會放棄喜歡別人。光是等待就好快樂，光是思念就好幸福的感覺，我不會忘記。我絕對不會讓妳的失戀失敗。我會追尋夢想，卻也會不受教訓，繼續戀愛。會想起別無所求的心情。我會愛上比那個人更溫柔，比那個人更帥氣，比那個人更出色，比那個人更逗趣，比那個人更善良，比那個人更忍不住喜歡，而且沒有戀童癖的人。我不會逃避努力，不會躲開人群，一定會成為妳想成為的我，會永遠是不會讓妳失望的我。所以，不要再等了。走吧，邁向未來吧。」

因為，我會永遠和妳在一起。

妳的煎熬，妳的痛苦，妳可愛的失戀，我都會幫妳畫成有趣的漫畫。會幫妳整理成怦然心動的物語。

說完，我像是育姊姊在公園對我做的那樣，撫摸乖撫子的頭。我這麼做才發現，和去年比起來，我不知不覺長高了。

千石撫子，十五歲。

正在發育，正在成長，正在迷失。

不成熟的半桶水。

雖然距離長大成人還差得遠，不過這一天，我變得有點姊姊的樣子了。

031

這是後續，也是往事。

終將成為回憶，後來發生的事情。

我見到小忍了～～～！

這不是能夠開朗大聲報告的邂逅，不過月火在衣帽間發現我所藏那套運動服的時間，比我預料的早得多。她送運動服過來順便來玩的時候，我見到小忍了。

月火一進我房間就迅速脫掉外衣，一副休閒的模樣。

「雖然不知道內情，但總之像是玄關那件事，還有拔掉的電話線，我已經幫妳說情了～～」

她說完躺到床上。

妳在自己的房間，都不會這麼快就放鬆下來吧？她蠻橫無比的行為令我想這麼說，不過也對，火憐畢業的現在，月火已經不只是這一區女國中生的代表，平常很照顧人的她，甚至足以被稱為首領。

再怎麼道謝都不夠。

「『大概是我的死黨撫子擅自闖空門做盡各種壞事，但她應該沒有惡意所以原諒她吧，我會好好給她一個教訓。』我已經幫妳這麼說了～～」

幾乎沒幫我說到情。

這孩子雖然很照顧人，不過她從以前就只對我完全不留情。

「所以我來給妳一個教訓。我大駕光臨喔。啊，掛在衣架的那套衣服送妳。請收下吧～～紀念家裡蹲撫子外出的禮物。就命名為『撫子款』吧～～」

「撫子款……」

「改天一起去買搭配的鞋子吧。我就是要來給妳一個木屐。」

「是要來給我一個教訓吧？」

「呼……呼……」

睡著了。也太隨興了。

對於好友的舉止，我會心一笑傻眼以對。

「哎，別以此等鄙視之眼神看她。」

此時，躺平的月火影子裡，忽然出現人類的右手。

不對，不是人類的右手。

也不是喪屍的右手。

是吸血鬼的右手。

講得更正確一點，應該是前吸血鬼的右手。

金髮金眼的幼女。如同從月火的影子爬出來，前姬絲秀忒·雅賽蘿拉莉昂·刃下心——忍野忍登場了。

「糟糕！我鄙視好友的場面被目擊了！」

不是這樣。

為什麼小忍會從月火的影子出現？

昔日號稱怪異之王受人畏懼的小忍，自從去年六月就被束縛在影子裡。雖然我知道這件事，但她應該不是被束縛在月火的影子吧？

「喀喀，這傢伙好歹亦是吾主之妹妹。吸血鬼是血液類之怪異，因此只要有血緣即可在影子之間來回。只不過，此為牽強附會之強硬做法，導致影子之主容易疲勞。所以，別鄙視她啊。」

原來如此。難怪月火一進房就睡著。

不，就我來說，這並不是因為她累，是月火和平常沒什麼兩樣的常見行動。

但是，不提這個。

小忍為什麼不惜用這種強硬的做法，也要來我的房間？

明顯是一觸即發的氣氛。

我快被書架壓扁的時候也想過，人死的時候，就是像這樣在想不到的時候死掉吧……我的心跳一下子加速到將近十倍。

光是像這樣面對面，我的壽命就一直在減少。

只不過，對於這樣全身冒冷汗的我，小忍只在一瞬間投以嗜虐的視線。

「拿去。此為伴手禮，瀏海姑娘。不，應該說前瀏海姑娘？」

小忍說完露出虎牙，取出裝著甜甜圈的紙袋。

「伴……伴手禮？甜甜圈？」

「嗯。吾想和汝一起吃。不過啊，僅有五個。聽聞汝不是習得將圖畫立體化之技能嗎？那要不要試著把這些甜甜圈畫出來增加？」

我覺得既然有五個，兩個人吃也吃得飽吧……應該說，小忍為什麼想和我一起吃甜甜圈？事發突然令我不明就裡，但是這時候別違抗才是上策吧。

我默默素描從紙袋取出的甜甜圈。

在書店和神撫子戰鬥時，我將燈籠褲等物品立體化之後，已經掌握到訣竅。如果只是立體化，我一個人也做得到。真要說的話，形狀頗為複雜的甜甜圈比較難畫，不知道該怎麼表現柔軟的口感。

「是那個吧？就像是『增殖藥水』對吧？」

為了討好自詡是藤子不二雄老師鐵粉的小忍，我試著聊這個話題。

「真要說的話，應該是『奇妙鏡』吧。」

但她這麼訂正。

我真不會討好別人。

「話說關於『好多個哆啦A夢』，既然可以把寫完作業兩小時後之自己帶過來，不覺得亦可以把四小時後、六小時後與八小時後之哆啦A夢帶過來嗎？」

狂粉開始嘮叨了。

我聽不下去。

「《哆啦A夢》是最高峰之漫畫，吾對此沒有異議，不過畫給兒童閱讀之漫畫，讀者卻拱上天要求具備智育要素或名作感，吾就覺得不太對了。」

我聽不下去。閉嘴。

雖然不是因而分心，但我畫出來的甜甜圈即使成功從紙面立體化，味道卻非常失敗。

立體化的甜甜圈，我分一半給小忍吃，結果吃起來的口感像是黏土。不是黏土，應該是紙黏土。

難吃到吐。

我猜想小忍會震怒而提高警覺。

「嗯。食物果然不行嗎？吾之物質創造能力亦然，幾乎做不出有機物。那麼再來要拿精密機械做實驗看看嗎？拿不知道內部構造之物，例如拿電視來畫，可以確實映出影像嗎？」

但她不以為意……做實驗看看？

是的。實際上，接下來繼續進行的是實驗。到哪些東西可以立體化，到哪些東西可以連功能都重現，重現率的差異是什麼。有實體對象比較好，還是只靠傳聞的想像也可以，畫出只知道封面的雜誌會變得如何，畫出現實不存在的東西，例如畫時光機的話會變得如何，畫活的動物會變得如何，畫沒有生命的標本會變得如何，畫小小的象會變得如何，畫大大的螞蟻會變得如何，畫英俊的男生會變得如何……

諸如此類。

與其說是分析入微，不如說是鉅細靡遺包羅萬象的實驗，是近乎鑽牛角尖的實踐。剛開始我不明就裡，途中我以為她是半打趣玩弄我的畫技，後來甚至懷疑她在試探我的畫技極限，為將來再度敵對的時候做準備，不過到最後我察覺了，小忍表面上假裝成做實驗，其實是教導堪稱昔日宿敵的我，如何使用這個對於常人來說只會無法駕馭的特殊技能。

小忍以愛理不理，像是一點都無所謂卻熱心的態度詳細教我。她內心當然也在打自己的算盤吧。

為了避免沉醉於這種非凡的能力而失控，我也展望未來打著相同的算盤，以盡早駕馭這個技能為第一優先。不過，明明曾經那麼不共戴天，說穿了就是曾經相互廝殺，她對我卻展露這種大方的應對與高傲的態度，確實令我感覺到她是活了六百多年的吸血鬼。她的器量之大，年僅十五歲的我無法想像。

無論是相互廝殺，相互協助還是相互原諒，既然活了這麼久，經驗的次數肯定數不清吧。

我認為自己曾經深深傷害小忍，不過對她來說，這種傷或許連擦傷都不到。在這個世界上，能傷害小忍的肯定只有一個人吧。

「關於式神之使用方式，吾沒什麼能說的。因為吾製作眷屬兩次，兩次都失敗了。」

小忍帶來的五個甜甜圈，結果都被她一個人吃光，月火則是在這段期間同樣呼呼大睡。就在她正要回到月火的影子時……

「那……那個，小忍！」

我叫住她。

並不是因為無論如何都想問某些事，不只如此，我自己也覺得不需要刻意翻舊帳，也不知道她是否會好好回答這個問題。

就算這樣，我還是不得不問。

不得不問去年給我那種評價的小忍。

「嗯？何事？」

「妳至今還是認為，我只是湊巧長得可愛而已嗎？」

我用盡全力，抱著必死的決心這麼問。

「……啊？」

小忍卻歪過腦袋。

「怎麼啦，誰講過這種話？原來真有人會講這種輕率之言啊。」

「…………」

她是在裝傻嗎？

還是說，她真的忘了？

這就是「即使說的人忘記，聽的人也不會忘記」的構圖嗎？不，可是，或許不是這麼回事。

我後來得知，當時的小忍在不久之前，原本以為死掉的第一個眷屬復活，她面對這個「失敗作品」的時候吃盡苦頭。

這麼看來，害我後來持續苦惱半年以上，認真思考，甚至心想將來要還以顏色的那句話，或許是小忍消沉時，像是亂發脾氣般說出的無心之言。

不是輕率之言。

……這在某方面也很過分，就算這麼說，那句話重傷我的事實也沒變，但我不知為何有種掃興的感覺，有種很乾脆地解除詛咒的心情。

說得也是。

說出口的話語確實無法收回，不過，以「以前不是這麼說過嗎」或「那時候的主張和現在相反吧」之類的說法責備，就像是一輩子禁止任何改變。把過去的自己當成不同人切割出去當然是錯的。不過，一直依賴過去的自己，也是輕易放任自己停滯不前吧。

即使屬於聽到的一方，會忘記的人還是會忘記。

一下子被沒有深刻意義的話語深深傷害，一下子把他人隨口說的話語看得太重……溝通真的是一門學問。

「哈。」

小忍身體向後仰，高聲笑了。

「哈！」「哈哈哈！」「哈哈！」「哈哈哈哈哈！」

慢著，妳笑得這麼大聲會擾鄰的……別人會以為這家的家裡蹲女兒在大笑。

「下次如果有愚者講這種蠢話，就帶到吾這裡吧。吾拍胸脯保證。吾是活了六百年的怪異之王，被稱為鐵血、熱血、冷血之吸血鬼，汝卻殺了這樣之吾數千次，而且主動走下神之寶座，下定決心捨棄極強之力量回復為人類，至今亦像這樣活得很好。這樣之汝豈是湊巧長得可愛而已之傢伙？汝是可愛過頭，百倍討人厭之傢伙。」

「討人厭……」

「嗯。吾不知道這是否是好事，但汝這樣之傢伙，即使投胎轉世一百次，依然是個討人厭之傢伙吧。」

小忍說的這番話才討人厭吧。

這該不會也是隨興說出口的吧？

我想起忍野咩咩先生經常掛在嘴邊的「是不是發生什麼好事啊？」這句話，這次真的默默目送小忍回到月火的影子裡。

雖然跟和解不太一樣，不過像這樣和小忍交談的日子也來臨了。如果還有機會見面，下次就好好促膝長談，討論漫畫的話題吧。

雖然這次怕得逃走，不過總有一天，或許也可以和戰場原小姐交談。畢竟託扇先生的福（這是挖苦），我已經知道她住的民倉莊位置……我不奢求她原諒，但我想知道戰場原小姐實際上是什麼樣的人。

戰場原小姐當時為什麼打市內電話到阿良良木家？這也是殘留下來的疑點。

結果，月火後來睡到傍晚，還吃完晚飯才回去，不過斧乃木像是剛好和她錯過，照例從窗戶進入我的房間。

與其說是剛好錯過，不如說她是故意和月火錯過。第一個原因是不能讓月火知道斧乃木是會動的人偶，第二個原因單純是她討厭月火。

「咿耶～～勝利勝利～～」

她在那場騷動受的傷好像完全康復，髮型也復原。短髮也很適合她就是了。

無論如何，平安就好。

順帶一提，因為我和我對立而天翻地覆的那間書店，我隔天戰戰兢兢過去一看（這是犯人會回到犯罪現場的典型），店家若無其事正常營業。

我啞口無言。

還以為自己在作夢，不過這應該是斧乃木所說「專家的善後」吧。

手法俐落得令人著迷。

對於平常就在對付各種怪異或奇異的各位來說，我這次引發的恐慌，或許只是茶壺裡的風暴。只是即使如此，我認為收拾工作也絕對不簡單。

想到我因為不夠成熟而造成這麼大的困擾，終究覺得過意不去。

「不必在意。因為這對臥煙小姐來說是投資。」

投資？我聽不懂。

無論如何，去年到現在發生了各種事件，我再怎麼樣也還是應該和那位臥煙小姐好好見一次面吧？

「嗯，撫公，其實我今天就是來講這件事。我今天帶來一個好消息。」

斧乃木說完，一屁股坐在床上。

要是說出月火剛才坐在那裡，她應該會立刻站起來吧，但是這不重要，我比較在意斧乃木帶來的「好消息」。

會是什麼消息呢？

是失蹤小狗回家之類的消息嗎？

「善後的時候，我回報妳這次的冒險經過，然後臥煙小姐對妳的特殊技能很感興趣。有一份工作務必找妳幫忙。」

「工……工作？」

是關於怪異的工作嗎？

是要我工作嗎？

「沒錯。她說依照成果，之後也想要定期找妳幫忙工作。臥煙小姐在妳身上看見的價值就是這麼高。」

「等……等一下……」

我會慌張。我會為難。她在說什麼？

到頭來，就是這個特殊技能，害得這次演變成天大的騷動，以最快的狀況，神撫子甚至可能再度即位，我沒做值得讚許的事。

連無害認定的爭取，我都已經半放棄了。

明明是這樣，卻一躍獲得這種像是挖角的邀請……

「別誤會。臥煙小姐欣賞的不是你使喚式神的能力本身，是你面對問題的冷靜對應。比起不失敗的人，臥煙小姐更喜歡失敗時能夠補救成功的人。也就是說妳當過一次神可不是白當的。在反常又離譜、令人不敢領教的各種狀況中，妳都以勇氣對應。失控的四具式神，妳當天就全部回收成功，這種能力可以說比天賦異稟還要傑出許多。」

即使聽她這麼說，我也完全沒有真實感。

我並沒有冷靜對應。我這種人，就只是一直驚慌失措吧？

是沒錯啦，斧乃木中途就受傷，所以我這個外行人得站上前線……咦？

咦？

「難道說……斧乃木小妹，所以妳才讓我擬定作戰？」

不只是這部分。

發現徘徊的校泳撫子時，刻意沒當場使用「例外較多之規則」做個了斷，而是放長線釣大魚（結果卻導致斧乃木被神撫子肢解），也不是因為要讓我負責，而是要讓我立功？

斧乃木是專家，其實有更快又暗中收拾事件的方法也不奇怪，卻始終扮演輔助的角色，是因為想讓四具式神都讓我回收？

雖然講得像是以獲得無害認定做為最終目標，不過斧乃木真正的目的，或許一開始就設定在更長遠的未來？

從監視對象成為保護對象，進一步成為投資對象。不只是獲得無害認定，還展望將來升格為投資對象。

我在本次事件畫了各種圖，不過事件本身的這張圖，應該是斧乃木畫的吧。立體化的四具式神失控，終究不在計算之內吧，但我只覺得斧乃木從一開始就企圖引導到這個結果。不過，究竟是為了什麼？

這種事……還用說嗎？

「一點都沒錯，撫公。我只不過是身為職業專家，身為冷酷、無情又商業取向的式神，為了業界的發展，也為了讓自己輕鬆，所以從事挖掘新人的工作。這樣妳就知道我為什麼對妳這種傢伙這麼親切吧？」

是的，我知道。

知道斧乃木不擅長說謊。

父母明確命令我國中畢業之後出社會工作，不過我沒有一技之長，是一個足不出戶、內向怕生、毫無交際能力，立志成為漫畫家的女生。所以冷酷、無情又商業取向的斧乃木處心積慮，不辭辛勞地幫這樣的我找工作。

「妳還沒成年，臥煙小姐也不會給妳太難的工作吧。當然，妳可以繼續立志當漫畫家。雖然時間常常受到限制，不過就當成取材，看看不可思議的世界也不錯吧？雖然這份工作稱不上穩定，不過保證能讓妳賺到離家獨立的錢喔。」

但是，斧乃木完全沒將這種事顯露於言表，始終平淡地如此說明。雖然她像在暗示接下來由我自己判斷，不過都已經為我安排得如此妥當，我不可能糟蹋斧乃木的這份厚意。

不得了，真的有這種事耶。

等待我的居然是這種結尾，去年我被蛇纏身的時候想都沒想過。畢竟我曾經不知分寸妄想尋找玻璃舞鞋，被人說明明老是低著頭卻不注意腳邊，不過現在看來，我雙腳將會分別套上漫畫家與怪異專家的草鞋。

各位覺得這也是畫蛇添足嗎？

後記

本集內文也經常提到，「只要努力就一定能實現夢想」這句話的危險程度，不只是「一定說得太理想化」，也完全沒提及「努力的結果可能沒實現夢想，還連帶失去現實」這一點。「努力」的缺點也很明顯。通往未來的道路，同時也是邁向毀滅的道路，不可以貿然忘記「挑戰」隱含失誤的可能性。拚命付出心力，結果受重傷或錯過某些重要事物的例子屢見不鮮，「我熬夜唸書準備考試！」，結果造成「在考試時睡著」的事態也不算罕見。大致來說，只在這種時候會有人提醒「休息也是努力的一環」，令人忍不住心想：「這麼重要的情報應該要更早說吧？」閱讀偉人傳記，會看見偉人過著像是和偉大程度成反比的不幸人生，不過這些不幸肯定是為了變偉大而投注非凡的努力時，把犧牲或代價硬塞給周圍的成果吧。這種努力經常被述說得像是美德，然而真要實行的時候，也必須事先知道其中的缺點才行。聽到「努力不會背叛你」這種話，會心想「是啦，你周圍的努力或許很善良……」變得憂鬱。但也同樣不能忘記「不努力」的缺點。要確認自己是否能背負這些缺點努力下去。

總之，本書是被「努力」纏身的少女，或說是「努力」露出利牙的少女——千石撫子擔任主角的物語。《物語》系列開始撰寫至今也好久了，所以《化物語》第四話〈撫子・咒蛇〉發表當時的事情，已經很難正確回想起來，不過，在第一季以那種形式登場，在第二季變成那副模樣的千石撫子，光是這次能夠像這樣繼續描寫她，我就很慶幸自己一直撰寫《物語》系列至今。最初撰寫本書時，除了千石撫子的嶄新開始，我還企圖撰寫八九寺真宵與斧乃木余接的嶄新開始（書中有留痕），但五個千石撫子就用光時間了。很像她的風格。一個人寫滿一本，這是第外季的創舉嗎？就這樣，本書是以千分之千石寫成的小說──《撫物語　第零話：撫子・繪畫》。至於〈真宵・平手〉以及〈余接・終賽〉，就等將來有機會再寫吧。

本書有各種造型的千石撫子登場，不過ＶＯＦＡＮ老師這次在封面畫了最初期的她，在刊頭插圖則是畫了最新期的她。謝謝！第外季剩下一本《結物語》，唔～～從書名來看，大概是阿良良木與戰場原結婚典禮的物語吧？

西尾維新

作者介紹

西尾維新 (NISIO ISIN)

1981 年出生，以第 23 屆梅菲斯特獎得獎作品《斬首循環》開始的《戲言》系列於 2005 年完結，近期作品有《業物語》、《人類最強的純愛》、《掟上今日子的婚姻屆》等等。

Illustration

VOFAN

1980 年出生，代表作品為詩畫集《Colorful Dreams》系列，在臺灣版《電玩通》擔任封面繪製。2005 年冬季由《FAUST Vol.6》在日本出道，2006 年起為本作品《物語》系列繪製封面與插圖。

譯者

哈泥蛙

專職譯者。譯作有《物語》系列第一季、第二季、最終季與第外季等等。

書盒子

撫物語

（原名：撫物語）

作者／西尾維新　插畫／VOFAN　譯者／張鈞堯
執行長／陳君平　榮譽發行人／黃鎮隆
協理／洪琇菁　國際版權／黃令歡、梁名儀
執行編輯／呂尚燁　美術編輯／李政儀
企劃宣傳／楊玉如、洪國瑋、施語宸
出版／城邦文化事業股份有限公司　尖端出版
台北市中山區民生東路二段一四一號十樓
電話：（〇二）二五〇〇七六〇〇　傳真：（〇二）二五〇〇二六八三
E-mail：7novels@mail2.spp.com.tw
發行／英屬蓋曼群島商家庭傳媒股份有限公司城邦分公司　尖端出版
台北市中山區民生東路二段一四一號十樓
電話：（〇二）二五〇〇—七六〇〇（代表號）
傳真：（〇二）二五〇〇—一九七九
中彰投以北經銷／楨彥有限公司（含宜花東）
電話：（〇二）八九一九—三三六九
傳真：（〇二）八九一四—五五二四
雲嘉經銷／智豐圖書股份有限公司　嘉義公司
電話：（〇五）二三三—三八五二
傳真：（〇五）二三三—三八六三
南部經銷／智豐圖書股份有限公司　高雄公司
電話：（〇七）三七三—〇〇七九
傳真：（〇七）三七三—〇〇八七
一代匯集／香港九龍旺角塘尾道六十四號龍駒企業大廈十樓B&D室
電話：（八五二）二七八三—八一〇二
傳真：（八五二）二七八二—一五二九
馬新經銷／城邦（馬新）出版集團　Cite(M)Sdn.Bhd.
E-mail：Cite@cite.com.my
法律顧問／王子文律師　元禾法律事務所
台北市羅斯福路三段三十七號十五樓
二〇一九年五月一版一刷
二〇二二年五月一版三刷

郵購注意事項：
1. 填妥劃撥單資料：帳號：50003021戶名：英屬蓋曼群島商家庭傳媒（股）公司城邦分公司。2. 通信欄內註明訂購書名與冊數。3. 劃撥金額低於500元，請加附掛號郵資50元。如劃撥日起 10～14日，仍未收到書時，請洽劃撥組。劃撥專線TEL：(03) 312-4212 ・ FAX：(03) 322-4621。E-mail：marketing@spp.com.tw

國家圖書館出版品預行編目資料

撫物語 / 西尾維新 著 ; 哈泥蛙譯 . --初版.
--臺北市：尖端出版, 2019.05
面 ; 公分. --(書盒子)
譯自: 撫物語
ISBN 978-957-10-8545-6(平裝)

861.57　　108004151